萤火之光

金鱼酱 著

微小的你和我，也要成为光。

江苏凤凰文艺出版社

萤火之光
Firefly Light

放下的不过是过去的自己，
拿起的也是从头开始的自己。

这种对新生的渴望和想要开始一切的冲动，
不是因为任何一个人的出现，
而是时间在流转的四季交替中，
给予了生活它最应有的答案。

人生终有遗憾,
可在这一处曾留下的遗憾,
或许在人生的另一处
又得到了不一样的圆满。

死亡降临的绝境之地,
也会有生命新芽破土而出。

花生身披黑色燕尾服,像极了一位魔术师,
正在用他的手和他的心,
赋予这个夜晚某种神秘而浪漫的色彩。

亲人不仅仅是血脉的相承，也有朝夕相处、三餐四季的相濡以沫。

姐姐和姐夫给宝宝取名：小满。
他们俩希望孩子小则盈满，知足常乐。

如果爱有来生，让我做你的妈妈吧。
我会永远爱你，就像你上辈子爱我一样。

发光的人生并非仅由甜蜜与幸福铸就,而是即便在面对死亡的幽暗之际,依然能勇敢地朝着有光的地方前行。

我们应该在每一次回首过往时,就解开一个郁结在心中的结。
当我们一个一个地解开这些结时,
我们会惊讶地发现,这根叫作人生的麻绳突然变长了。

推荐序

活出爱，请你发光

  我第一次见到金鱼酱，是在她刚刚失去爱人小忽不久后。十月的深圳依旧温暖如春，海风徐徐吹来，风中还弥漫着花香。但是，我面前的这个美人儿却说着说着就忍不住泪水涟涟，那时的她还沉浸在失去爱人的悲痛之中。

  原本她拥有一个幸福美满的家庭，有一个从校服到婚纱的恋人，有一个活泼可爱的儿子。就在她以为生活会一直这样美好下去的时候，命运却跟她开了个玩笑——一场突如其来的疾病带走了与她相识相知十六年的爱人，打碎了她原本温馨平静的生活。

  尽管经历了失去挚爱的人生剧痛，但她并没有一蹶不振，更没有抱怨生活。至今，我仍记得那次见面，她坐在我对面说的话:"虽然老天爷带走了我的爱人,但是我从来都不会因此抱怨生活。和小忽结婚是我的选择,既然选择了,我就会承担这个选择带来的一切后果。而老天爷选择让我承担痛苦,可能是想给我一个巨大的人生考验,想教会我成长吧。"

我惊讶于她有如此乐观的生活态度和成长型思维。一般人在面对人生磨难时,通常会抱怨命运,然后会追问"为什么这件事会发生在我身上",但是那么年轻的金鱼酱却不抱怨,而是想"这件事发生在我身上,是想教会我成长"。

我们不能选择命运,也不能选择事件的发生,但是我们可以选择面对这件事的心态。在面对人生的苦难时,金鱼酱选择了积极的心态。

生活对金鱼酱的考验不仅仅是失去丈夫,之后,她又经历了独自带儿子生活、从深圳搬家回武汉等曲折。她有悲伤落泪借酒消愁的时候,也有半夜三更背着儿子去医院的心酸经历,她还遇到过别人问花生"你爸爸去哪儿了"的尴尬场面,但无论遇到多大的困难和考验,她每一次都选择了勇敢积极地面对。

　　我曾想，她小小的身体里怎么会有那么大的能量呢？怎么每次遇到犹豫的岔路口，她都会选择勇敢往前走呢？

　　和她接触久了我发现，她的能量源自她对家人、对生活、对艺术的热爱，爱是金鱼酱的生命底色。

　　而她的爱又是从哪里来的呢？这本书给了很好的答案：她的爱源于她的家庭、她的家人。家是一个人生命开始的地方，她的爷爷、奶奶、爸爸、妈妈都给了她包容、支持、呵护，来自家庭温暖的爱是她坚强的后盾，给了她生命中最大的底气。

　　爱是什么呢？"爱是自己心里满了，溢出来的东西。"这是我在云南旅行时，听向导说过的一句话。

　　金鱼酱从来都不缺爱，她被家人深深爱着，被爱的她品尝到了爱的滋味，拥有了爱的能力，懂得爱自己、爱他人、爱生活。

　　"爱出者爱返，福往者福来。"爱是一条流动的河，当你付出了爱，爱也会流向你。爱就是一种双向奔赴。

金鱼酱的每本书里都有爱，如果说《人间告白》体现了金鱼酱爱恋人的能力，《星空邮局》体现了她爱孩子的能力，那么这本《萤火之光》则体现了她爱生活的能力。这本书还让我们明白：一个人爱的源泉是多元的，可以来自家人、朋友，还可以来自陌生人。金鱼酱用心记录下这些让她体会到人间温暖的片段，说明她有一颗懂得感恩的心，这也是她表达爱的一种方式。

有一次在宝藏艺术家蔡皋奶奶的书里看到这样一句话："活出爱，即是说：请你发光。"内心最柔软的角落瞬间被击中。原来，爱就是光啊！活出爱的人就是在发光。爱是生命之光，也是一种可贵的能力。拥有了爱，生活才会丰富多彩，生命才会活出本真；拥有了爱，就拥有了最坚硬的铠甲，可以抵挡生活中的风霜；拥有了爱，就会有无穷的勇气，哪怕前路荆棘密布。

每次看金鱼酱的书，不仅会感觉温暖治愈，内心还会滋生一种强大的能量。大概不只是因为她的文字中流淌着爱，还因为她在经历了人生苦难后，仍然在热爱生活，仍然在分享着爱，仍然在努力发光。

一个人经历苦难后，可以选择沉迷在悲痛中不能自拔，继续活在过去的回忆中；还可以选择勇敢地直面悲痛，认真地度过余生的每一天，用生活本身治愈生活，让自己勇敢地走出来。

很显然，金鱼酱属于后者。她认真生活，认真工作，认真陪伴孩子成长，终于走出了失去挚爱的阴霾，重获新生。

陀思妥耶夫斯基曾说："我只担心一件事，我怕我配不上自己所受的苦难。"

金鱼酱却说："苦难不需要宣扬，但苦难后的向阳而生是值得分享的。"

面对逆境时，金鱼酱积极的心态值得分享，她不惧前路艰辛的勇气值得分享，她热爱生活的姿态值得分享。

金鱼酱常说，她不是文学专业出身，没有华丽的文笔，但她有丰富细腻的情感、真诚敏感的心灵，她有对生活细致的观察力和对艺术天然的感知力，这些都是写作者最好的天赋。金鱼酱用心记录生活，真诚是她最好的文笔，朴实真挚的文字往往最能打动人心。

我邀请你与我一同踏上《萤火之光》的阅读之旅，相信你会在书中收获热爱生活的力量，收获活在当下的信念，收获奔赴下一段旅程的勇气。

书中不仅有温暖的文字，还有温暖的插画，让我们一起踏上这段晕染着生活色彩的爱之旅吧！

2024 年 5 月 20 日写于北京

自序

人生的另一种可能

距离《星空邮局》出版已经过去了两年,我清晰地感受到了时间的流逝。自从五年前我经历了生与死的别离,时间在我心里就变得格外珍贵。

命运曾以一种残忍的方式,让我看到它是如何在一个人的生与死之间拼命地拉扯,最后死神卷走了这个人全部的时间,留给活着的人支离破碎的回忆和无济于事的情绪。

我也是从那个时候开始懂得了一个道理:被死亡拿走生命并不是最可怕的事情,最可怕的是,在还能拥有生命的时候我没有更好地去珍惜。

或许在上天的生死名册中,我们每个人的命运早已被安排好了,但要怎么度过自己的一生,永远是由我们自己选择的。

五年以来，我不敢说我做对了人生的每一次选择，但我能问心无愧地说：我勇敢地接受了生活给予我的所有挑战，我也坦然地接受了它全部的好与不好，而且一如既往地对生活充满了向往，对未来满怀热忱，并甘之如饴地热爱着生活。

一本书的自序，于我而言就是作者对他的读者做出的第一份告白。我本想为大家简单地介绍这本新书的内容，但想说的太多了，不知从何下笔，想要下笔的那一刻，又觉得或许不去多说才能让大家更好地阅读。

我自二〇一九年至二〇二三年写了三本书，每一本书都发自内心，都记录了我生活中经历的真实故事。或许正因为我的平凡，才让大家有了更强烈的代入感。但真实的人生不是虚构的小说，我无法活出小说里的人生结局，也做不到在所有读者心中都完美无瑕，我只能朝着自己坚定的人生方向继续前行。

我把自己真实的人生故事记录下来，是想借我的故事让大家看到人生的另一种可能，那就是：伤痛是可以治愈的，哪怕是在死亡面前。正如余华所说："死亡不是失去生命，而是走出了时间。"离开的人得到了解脱,他希望活着的人一切都好,而不是用无止境的悲伤去祭奠逝去的一切。

我们无法真正意义上地感同身受另一个人的人生经历,直到我们也要面临类似的处境时才会意识到:迈出第一步是多么困难,而坚持走下去又是多么不易。然而,成长就是在痛苦和困难中开始的,我们想要的人生答案,需要靠自己去寻找。

那就从生活中寻找答案吧!只有勇敢坚强地活下去,我们才能更好地感受这个世界,去体验不一样的人生。只有坚定无畏的心,才能引领我们探寻真正的人生意义。

罗斯金曾说:"除却生活别无财富,而生活饱含着它全部的爱的能力、快乐的能力,以及欣赏的能力。一个能够养育最大数量高尚而幸福人群的国家,是最富有的国家;一个能够把自己生活的价值发挥到极致,而且通过个人的努力,或通过自己拥有的财物,能够对他人施以最广泛的有利影响的人,将是最富有的人。"

有人说,想要重新开始一段生活就应该剪断过去。我却认为,过去从来都不可能被剪断,就像历史无法被抹去一样。

我们应该在每一次回首过往时，就解开一个郁结在心中的结。当我们一个一个地解开这些结时，我们会惊讶地发现，这根叫作人生的麻绳突然变长了。我们应该更加珍惜这额外的人生长度，而不是困在过去的郁结里无法前行。

愿我们都能向阳而生，勇敢地活出自己想要的人生。哪怕平凡如萤火，也可以发出属于自己的光。

JINYU 金鱼酱

2024 年 2 月 20 日写于武汉

目 录
CONTENTS

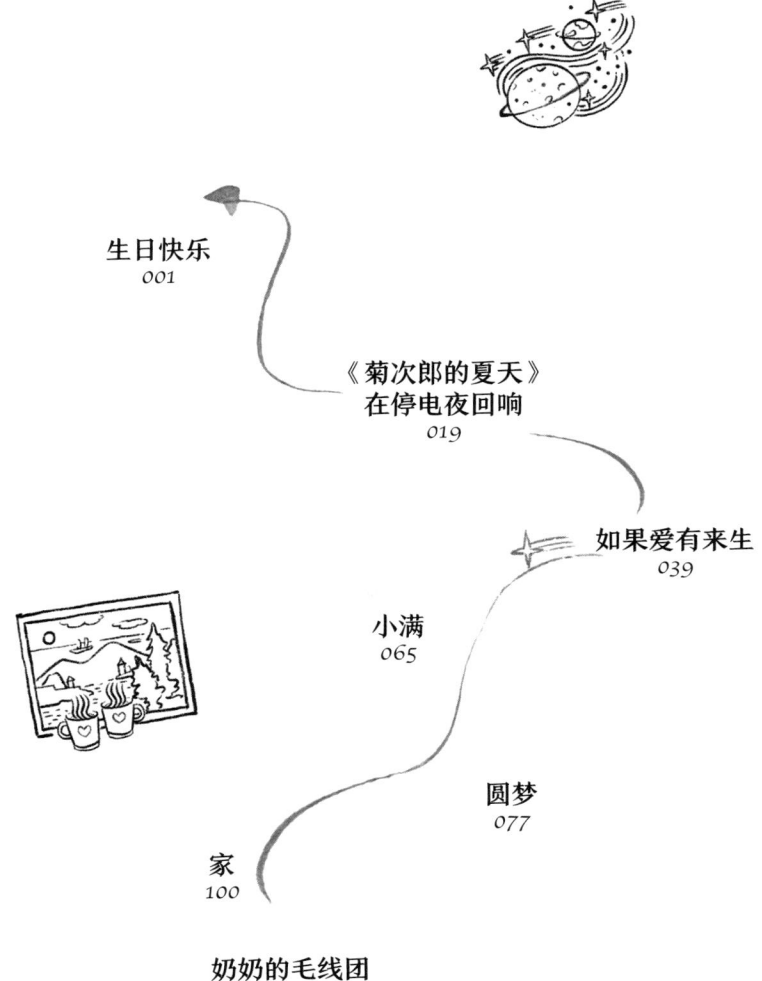

生日快乐
001

《菊次郎的夏天》
在停电夜回响
019

如果爱有来生
039

小满
065

圆梦
077

家
100

奶奶的毛线团
119

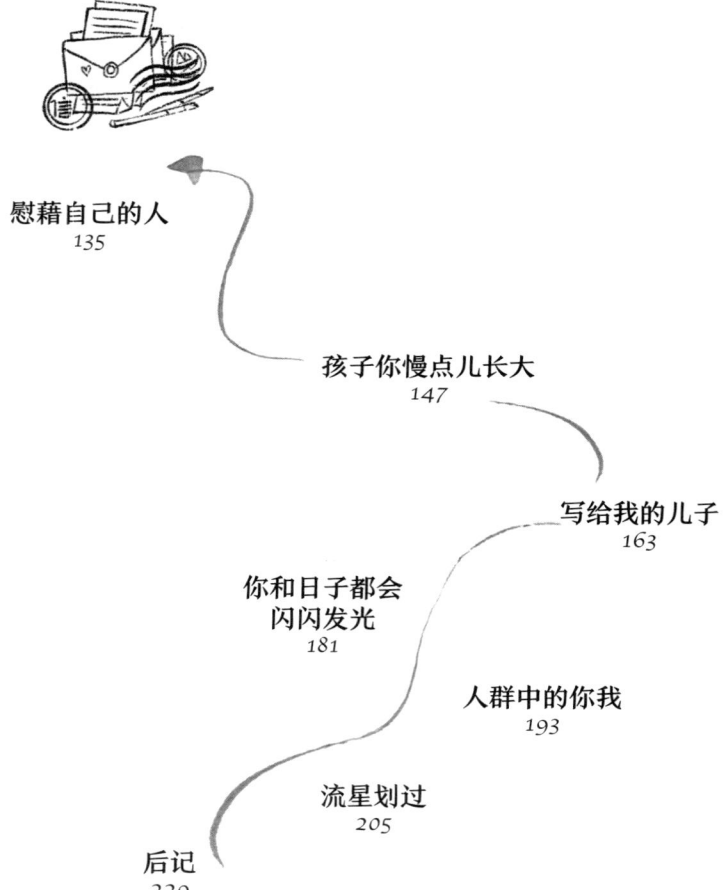

慰藉自己的人
135

孩子你慢点儿长大
147

写给我的儿子
163

你和日子都会闪闪发光
181

人群中的你我
193

流星划过
205

后记
229

生日快乐

生日，
它只是一个人又长大了一岁的日子，
没有魔法，亦不能制造奇迹。

"妈妈,我马上就要七岁了,你给我的生日礼物准备好了吗?"

"你这个小朋友怎么可以提前找人要礼物呢?"

"因为周末我去外公、外婆家玩的时候,大家都在对我说'花生,你要七岁啦,你想要什么礼物啊'之类的话,姑奶奶还特地给我打电话,提前祝我生日快乐呢。后来,外公说要送我红包,我拒绝了。"

"为什么呀?这是外公的心意呢。"

"我跟外公说:'红包都会到妈妈那里去,是到不了我手上的。所以,我更想要礼物,不用很贵,一辆小小的汽车就行了。'"

"那外公怎么说?"

"外公说没问题,他下周就去文具店给我买辆小吉普车。"

"花生真幸福,全家人都把你的生日放在心上。"

"我也觉得自己很幸福,所以我很喜欢过生日,我还喜欢过年。"

"这又是为什么呢?"

"因为过生日我能收到很多礼物,过年我可以吃到松鼠鳜鱼呀!"

"哈哈,你这个可爱的小朋友,松鼠鳜鱼有这么好吃吗?"

"我觉得它是人间美味!妈妈,那你给我准备了什么礼物呢?"

"这是个秘密惊喜,你耐心等到十月二十八日生日那天就会知道了。"

"真的呀,太期待了!我好想这一周快点儿结束,赶紧到周六,我就能收到礼物了。"花生满脸期待地说。然后,他转身问我,"妈妈,你喜欢过生日吗?"

我稍稍犹豫了一下，说道："我……我应该是喜欢的。"

"你小时候也会在生日那天收到很多礼物，还有外公、外婆给你的惊喜吗？"

"外公从来没有送过妈妈生日礼物，更别说惊喜了，外公对你那才是真爱。"

"那你会不会不开心呢？"

"嗯，妈妈小时候会，我每年生日也和你一样，都期待收到礼物或者吃到生日蛋糕。"

"妈妈，你别难过，我的存钱罐里有钱，你明年生日，我给你买礼物。我要给你买你最喜欢的珍珠戒指，还有珍珠耳环。"

"那我太幸福了！听你这么一说，我都开始期待明年的三月三日了。对妈妈来说，那一定会是个很美好的生日。"

三月三日这个日期，有两个相同的数字，因此，这个日子特别好记。我一直认为这一天很神奇，我小时候甚至觉得，所有在月和日是相同数字那天出生的人，一定都拥有某种超能力或特殊运气。这个想法一直持续到七年前，我生产的前夕。

那天,我好奇地问妈妈:"妈妈,你是怎么做到刚好在三月三日这天把我生出来的呢?之前我去医院孕检时,护士们看到我的资料后,总会对我说这个生日真好,还夸赞我妈妈真会选日子生孩子。"

当时妈妈回答我说:"你总是喜欢把事情想得浪漫而美好,这是你的优点。妈妈以前还担心这会不会成为你的软肋,但后来发现世事无绝对,有时候这种看似软肋的特点,在你身上或许会转化为另外一种力量。护士夸赞的并不是你生日的特别,而是你的生日好记,这样一来也就方便了他们的工作记录,这可能只是他们一句随口无心的话。妈妈并没有你那么浪漫,我和你爸并没有精确计算受孕日,也没有提前预知到哪一天会生产。你到来的这天,只是因为妈妈的预产期过太久了,医生把剖宫产手术按照床位顺序,安排到了这一天,仅此而已。如果说这一天有什么特别,我想最大的特别就是:从此我有了你。这对妈妈来说,是最大的特别,也是最大的幸福。"

当年听妈妈对我说这些话时,就好像一个人脑子里最美好的幻想泡泡被戳破了一样，它并不会让人感觉到有什么被伤害的痛苦，只是难免有点儿失落，因为得到的答案与自己的幻想相去甚远。那些破灭的泡泡一点儿一点儿炸开后，缓缓地落向了我脑子里最柔软的长河中，时间的脚步跟随着这条河流一起走啊走，我曾经的那些失落感也随之融入其中，有一部分被冲散了，有一部分被遗忘了，但更多的部分被我自己吸纳了。

记得我小时候，总期待爸爸能送我生日礼物，他却时常对我说："生日有什么好过的，我就从来不过生日。"他也不会在生日这一天去特意给我或妈妈买蛋糕，妈妈似乎早就习惯了这些，我却总是不厌其烦地在每年临近生日时对他说："爸爸你别忘了，过几天我要过生日了。"

他偶尔回应我，但多数时候还是那句老话："生日有什么好过的。"久而久之，我不再期待礼物了，但这句提醒的话，我还是年年不忘地对他说。就好像不过生日是爸爸的习惯，而期待生日也成了我的习惯。

我今年三十五岁了，三十五年不长也不短，虽不太记得这期间到底有没有吃过爸爸送的蛋糕，但我能确定的是，他确实没给我送过生日礼物。不过，在我出嫁前还和他们住在一个屋檐下的那些年里，每逢我生日，爸爸总会给我和妈妈做一顿格外丰盛的晚餐。

通常在我生日那天，我爸做完饭就会特别开心。他会喝几杯酒助兴，一边陶醉于自己的厨艺，一边顺带着提及我又长大了一岁。妈妈偶尔会回应他几句，而我会直白地指出他做的哪道菜不好吃，也会强调没有蛋糕就不算过生日。

面对我的声讨和挑剔，爸爸也会反驳。但无论如何，他依旧是开心的。我们仨就这样围坐在餐桌旁，一边吃一边聊，聊着聊着就从我的年纪转到家长里短。

这些平淡的日子，在我的记忆里实在是再寻常不过了。我从来没有去仔细想过，那偶尔丰盛的大餐和爸爸乐呵呵地饮酒畅谈的背后有什么特别意义。

直到长大后，当我离开这个和爸爸、妈妈一起生活了二十多年的家，身份从女儿变成了妻子和母亲以后，我才开始觉察到：原来那些平淡日常里，饱含了一个中年男人对家、对我的表白。我的爸爸是一个比我妈妈更加含蓄，且更不懂浪漫的深情人。

他们是天下所有爱我的人中最在意我生日的，他们不会因为生日这一天而改变什么，因为日常的每一天里，他们都在爱着我。他们的爱不是张扬的，而是含蓄内敛的。

正因为爸爸不善于表达对我的爱，所以在五年前的那个晚上，他给我打完那通电话后，一直坚强度日的我突然很想哭，很想家，也很想他。我也是从那时候开始害怕了，我害怕每年我最期待的生日这天，变成我最痛苦的一天。

还记得那天晚上，我把花生哄睡后就立刻骑车来到了医院。推门走进病房后，只能听见监护仪发出的嘀嘀声，以及病床上传来的呼吸声。这两种声音杂糅在一起，形成了一道回应之声，那是一种活着且还有希望的回应声。这时，我的手机振动了起来，是爸爸的电话。我一边接通电话，一边轻轻地退出病房，关上房门，往走廊尽头走去。

"小锦吃饭了吗？现在在哪里啊？"

"我吃过了，刚刚才到医院。"

"花生睡了吧？今天晚上又是你去陪护吗？"

"嗯,他很乖,我讲完故事后就睡了,最近这段时间都是我在医院过夜。"

"现在情况怎么样呢?"

我停顿了一下,不知要从哪里说起。我应该实话实说,但只言片语根本说不清一个人走到生命尽头时的状态。在医院,用善意的谎言去欺骗中晚期癌症患者,或许是一种精神上的安慰和鼓励,但对陪护的家属而言,这样的谎言和欺骗不仅没有意义,甚至可能是更残忍的打击。因此,我只对一个人说谎。

叹了一口气后,我终于打破沉默,开口对爸爸说:"医生跟我说,时间可能不多了。所以,我想了想,这最后的日子,就都由我来陪他吧,以后应该没有这样的机会了。"

电话那头先是一阵沉默,接着是更为沉重的喘息声。爸爸应该是拿着电话走到了阳台,因为我听见了轻微的风声,还有一些断断续续的颤抖着的呼吸声。他好像在用手紧紧地捏住手机,我能从听筒里听见他鬓角的头发和电话屏幕摩擦出的杂声。

爸爸分明没有讲一句话,我却在电话这头听到了震耳欲聋的悲戚声。

二月底的深圳,虽然不像武汉的冬天那样寒冷刺骨。但在那个晚上,我站在医院走廊尽头时,却感到一种锥心般的凄冷。仿佛有一股无名寒风故意往我的骨头里钻啊钻,它们想让我冷得倒下缩成一团,就像不远处的那个男人一样。

就着走廊昏暗的灯光,我能看到阴影里坐着两个若隐若现的人。虽然他们说着我听不太懂的粤语,却发出了我听得懂的呜咽声。寒冷的风把我推向他们,当我走近他们身边的那一刻,我感到空气里有一种被泪水冲刷过的潮湿而冰冷的气息,这股寒意冷得我两腿发软。

只见其中一个大叔背靠着栏杆歪坐在地上,他的一只手捏着检查单和一沓缴费单,另一只手无力地搁在大腿上。他左脚的鞋子被他半踩在脚下,借着灯光我能看清那是一双干瘪又破旧的老布鞋,鞋底的脚跟部都被他磨歪了。他的另一只脚勉强地弯曲支撑着他更为弯曲的身体。他就这样一直低着头,有气无力地回应着旁边的中年女人。

我转头看向他们的目光,让他们变得不安起来。女人擦着泪把头转向了另一边，大叔也下意识地往回收他的腿，然后他开始想要把那双鞋好好地穿上。我以为他会马上起身离开，只见他换了一个姿势，把自己的头深深地埋了下去，而后发出了呜咽声。

男人的眼泪有时候更让人心疼，更何况是一个上了年纪的男人。面对这个连抬头起身都困难的男人，他身旁的女人不再哭泣了，而是佝偻着腰，伸手把男人往自己怀里拉。她颤颤巍巍地帮他把鞋后跟提起来，给他穿好鞋，嘴里说了一句："佢唔会死嘅。"

这句话我听懂了，她说的是："你不会死的。"

这是站在死亡边缘的人们，在去往生之路前听到的最多的一句话。

我收回自己的目光，我并不想打听任何人的故事，因为我们从来不缺故事。我们在各自的人生故事里，已经有了属于自己的悲欢离合、曲终人散。

又是我打破了一阵长长的沉寂，我擤了擤鼻子问道："爸爸，你怎么了？找我有事吗？"

"还有多长时间？我和你妈安排好时间就过来。"

"我也不知道，但是很明显他的状态越来越差了，每天不愿意说话，也不怎么动了，今年……我估计不能回去看望爷爷、奶奶了，你帮我跟他们说一声，我不敢跟他们打电话。"

"你快过生日了……"爸爸哽咽着重复，"你快过生日了，他肯定会撑过这一天的。他不会在你生日这天走的。爸爸相信他，他会撑过去的。你等着我们过来。"

挂了电话，我呆呆地站在走廊里。如果月亮有手，它一定想擦干我的泪，可惜它无能为力，它只能用温柔的光轻抚着我的脸，以此来安慰我。当坚强和勇敢不得不成为日常，当明天还能见到身边的人都成了一种奢望，我就没有选择回头和退缩的能力了。在这个充满了死亡气息的迷雾森林里，所有欢乐和团聚的日子都变成了我内心的恐惧。

之前十二月底，我回了趟武汉的家去看花生，我实在太想念他了。我已经无法满足每天只能在手机视频里看看他。我想每天都能亲吻他、触摸他，所以我在挣扎后买了回家的机票。当我见到花生的那一刻，我用了最大的力气把他紧紧抱在怀里，而他也用稚嫩的小脸紧紧贴着我。我们拥抱在一起的画面，惹得旁人不断泛泪。

那个时候，我已预感到不久后的生离死别，所以我毅然决然地提前把花生带回了深圳。原本他要等年后寒假结束，才会回深圳继续念幼儿园。或许是母子连心，也或许是他们父子间的心灵感应，花生的提前回来，给了我们仨最后一次团聚的机会，也给了那时恐惧又软弱的我一生最难忘的陪伴时光。

然后，我前半段人生的爱人在我生日的前一天永远地离开了。他的离开像一声闷雷，在三月二日的下午重重地捶打在我心里，之后便开始电闪雷鸣，直到三月三日的天空不再放晴，随之而来的是一场漫长持久的倾盆暴雨，久久不愿停息。

我人生所有的生日里，都不会再有哪一个像二〇一九年三月三日那天一样的痛苦和绝望了。明明我的至亲都在身边，我却好像找不到任何依靠能让我像一个人一样站好。我只能像泥一样瘫在床上，仿佛有厚厚的黏液把我一层又一层地包裹起来。所有的安慰声都变成了最刺耳的利器，所有想靠近我、安抚我的手，都成了熔炉里的烙铁。

唯有花生，他走进我的房间来到我的床边，对我说出那句："妈妈生日快乐，妈妈不哭，花生陪你。"这才让我有了想要继续呼吸的勇气。

那个稚嫩的只有两岁的花生，用他小小的生命之光照耀着陷在混沌中的我。我吃力地睁开眼，下意识地想要伸手把他往怀里抱，可我马上又意识到，我怎么舍得把他拽进这团痛苦之中呢？我不能这样，我要洗去身上最混沌不堪的部分，然后换上我最温暖的心衣，再去拥抱他才对。

死神夺走了他爸爸的生命，它得意地以为留下我的生命，就能从我生日这天开始对我的往后余生进行无尽的折磨，但它忘了另一件事：我不仅是一个妻子，还是一个母亲。

死亡降临的绝境之地，也会有生命新芽破土而出。我回想起妈妈曾对我说的那些话，刹那间我幡然醒悟：生日，只是一个日子，它只是一个人又长大了一岁的日子。只有死亡能将这个日子停止，但只要我们还活着，那么日子就应该生生不息、日日生辉地好好度过。

余华在《在细雨中呼喊》中写道："死亡不是失去生命，而是走出了时间。"我们身边离去的那些人，他们都在死亡的那一刻走出了时间，而困在时间里的从来不是死去的人，是活着的人们啊。

走出故人的忌日，再去面对隔天就是自己生日这件事，如果这是我命运中的一个转折点，我想我应该经受住这次考验。我知道接下来要面对新的人生，这才开始真正的挑战，当我跨出了最艰难的第一步时，我已经做出了我的人生选择。

影响我们人生的人和事，或许在命运的节点上早已被安排好，我们很难改变命运，但是我们所能做的就是选择以不同的方式和态度去面对这些突如其来的人生变故。命运只是注定了人生会有波澜，但通过改变自己，我们或许能成为燃烧得最绚烂的烟火。

这几年，我虽不再庆生，但无论身处什么环境，我都会认真地给花生庆祝生日。没有隆重的仪式，没有铺张浪费的排场，也没有邀请亲朋好友，有的只是我用心的陪伴和美好的祝福。

我既保护着他纯真的幻想和对生日的期盼,也会告诉他:"你的生日,不仅是一个可以得到礼物和祝福的日子,更是一个要学会感恩的日子。因为在这一天,是妈妈把你带到了这个世界,但同时你也给了妈妈这辈子最幸福的礼物。

"在你离开我的怀抱展翅高飞前,你对生日的所有期盼和幻想很可能都来自妈妈在这天对你的陪伴,但是,将来你可能更希望和你喜爱的人一起度过这个日子,你也可能更喜欢一个人安静地过这一天……无论怎样,你跟随自己的心,选择你觉得有意义的方式去过好每一天,这才是正确的事。

"生日,不是一个自私的日子,也不是有魔法或能制造奇迹的日子,它只是平凡人生中的一天。

"这个世界不会因为每个人都有一个生日,就让一切美好在那一天围着我们转动。所有的喜怒哀乐都公平地在宇宙中守恒着。或许有一天,你的幸福会与生日撞个满怀;但也有可能,你人生的某一次失意恰好在你生日这天发生。希望那时你能明白:它们之间并不存在必然的联系,也不应该影响你继续前进的脚步。

"或许你现在还不太明白，妈妈希望你拥有天马行空的想象力，也不想去戳破你相信奇迹和魔法的泡泡，因为这是多么美好又难得的事情啊！这就是属于你的纯真无邪。

"始终相信这个世界是有童话的孩子是幸福的，而那些看清了世界的全貌后，仍然热爱这个世界的大人也是幸福的。我们都不要被任何日子束缚住身心，妈妈希望你能勇敢地飞到更广阔的天空，去好好感受这个世界的全貌。

"乐观、豁达、勇敢而坚强地活着，每长大一岁，就要比昨天的自己更加懂得珍惜时间，因为生命是有限的，但人生能创造的可能性却是无限的。这些都需要我们在有限的时间里不断开拓。因此，未来可期，美好的事物永远等待着向它无畏奔跑而来的人。

"在生生不息的生命长河中，我们都要努力日日生辉，幸福要靠我们自己去创造。勇敢，是我们对人生这份答卷提交的最坚定的答案，这样你才能体会到真正属于自己的快乐。"

2022年3月3日，我三十四岁生日那天，我的第二本书《星空邮局》面世了。那一天，我收获了很多朋友的祝福；那一天，我和花生在我父母家，吃到了爸爸下厨做的丰盛晚餐；那一天，这个世界没有因为我而变得不同。

那只是一年中普通的一天，是我又长大了一岁的一天，我默默地对自己说："这是新生的一天，小锦，生日快乐，未来可期。"

从那天开始，我放下了关于生日的所有执念。

在我生日这一天，我应该感恩给予我生命的父母，感恩一路给我加油打气、给我祝福的朋友们，感恩那个曾经用生命爱过我的少年，更感恩那个选择我做他妈妈的小朋友。在这平凡的一天，我迎来了新的一岁，相较以往，我比任何时候都更珍惜当下。

人生的新篇章已经缓缓开启，我将继续尽情地书写它。

《菊次郎的夏天》
在停电夜回响

《菊次郎的夏天》会穿越星河抵达云之彼端。

在那里,他的小忽爸爸一定正坐在

璀璨星河中静静地倾听着。

在我住的那个建成已有二十多年的老小区，停电是家常便饭，一般发生在炎热的夏季。令我措手不及的是这次停电居然发生在倒春寒时节。

就在前几天，我和花生正在餐厅享用晚餐，炉子上还蒸着红薯，突然毫无预兆地，整个家里一片漆黑。我知道这是我们小区又停电了。时间一分一秒地过去，却依旧不见电力恢复的迹象。暖气片上残存的余温恐怕无法支撑这一整夜的所需。

我摸黑在房间里寻找中秋节剩下的半截蜡烛。好不容易找到了，却发现家里没有打火机。我想去其他房间找找有没有未用完的火柴，这时花生害怕地对我说："妈妈，你别走，我怕黑，什么都看不见。"我只好又回到餐桌旁，在黑暗中陪伴花生吃完剩下的饭菜。

去年夏天的某一天，家里也突然停电了。那天我直接开车把花生送到了父母家里，然后自己返回。我摸黑来到书房，躺在沙发柔软的臂弯里。借着朦胧的月光，我出神地盯着书柜里排列整齐的书脊。

那一刻，时间仿佛放慢了脚步，一切都变得异常安静。

那次难得的独处时光，让我感受到了轻松和自在。我不再担忧未完成的工作，也不必担心花生无法洗澡、无法热牛奶，以及我无法做洗衣服等清洁琐事。因为停电，我身上不停运转的发条得以短暂地休憩。

柴可夫斯基的《四季·六月船歌》，是我非常喜欢的一首钢琴曲。

那个夜晚，当它的旋律从我的手机中轻轻飘扬，仿佛让我置身于音乐大厅。我缓缓闭上双眼，让思绪跟随那流动的音符飘荡，去寻找柴可夫斯基在创作时投入的情感与神韵。在他的音乐中，我感受到了他对万物的热爱，对四季的赞美，对世界的深情。

渐渐地,我仿佛不是躺在沙发上,而是躺在一艘小船里,头顶是璀璨的星空。

我曾多次聆听这段钢琴曲,但唯有在那个安静的夜晚,是最纯粹的倾听。它不再是我忙碌时用来缓解情绪的背景音乐,它的每个音符都在我心中演绎成诗篇,唤起我对远方的美好向往。这动人的旋律,仿佛将我带入一个充满诗意的远方奇妙世界。

今晚,我本打算像上次那样送花生去父母家里,然而还没等我开口,花生就对我说:"妈妈,我不喜欢停电,我觉得太黑了,我很害怕。今天你可以不送我去外公、外婆家里吗?"

"你害怕什么呢?妈妈不是在旁边陪着你吗?外公、外婆家有暖气,比家里还暖和,你去那边妈妈会安心一些,我怕家里太冷了你会生病。"

"我想陪在你身边,我们可以手牵手,这样就不冷了,家里黑漆漆的,可能会有怪兽之类的东西躲在我们看不见的地方，你一个人在家里会害怕的。"

"真是我的贴心小棉袄，那今晚你就陪妈妈一起在家里吧。有妈妈在，小怪兽都不敢出来的。如果它们敢出来，我一定逮一只活生生的怪兽，仔细看看它长什么样。"

"妈妈，你小声点儿，别让它们听到了。"

"嘿嘿嘿！那个大屁股和小瘪头的怪兽，你们俩别躲了，说你们呢！大屁股怪兽，你的屁股那么大，塞不进那么小的缝隙里面去，我都说了让你别往里面塞了，你再塞你的大屁股都要被挤压得打臭屁了。我给你讲，你如果敢打屁，我和花生会把你狠狠地捶一顿。还有你那个小瘪头，瞅啥瞅，你也好不到哪里去。花生可比你结实，你信不信他能一屁股把你坐得更瘪一点儿。"

一定是平时讲故事讲得太多了，我知道说什么样的故事情节能让花生乐和。只要我绘声绘色地描述，他一定会被我带入故事情节里面去。

"哈哈哈……那个小瘪头在哪里？在哪里？我要去坐瘪它，还有那个打臭屁的胖屁墩，它在哪里？我要让它对着你打臭屁，把你臭晕！"

"花生你这个小坏蛋，你太坏了！你不用去找它们了，就让我先把你这个小屁股墩给收拾一顿，我倒要看看它们会不会来救你。"

就这样，花生忘记了停电后的害怕。他开心地和我一起嬉闹，甚至还会大胆地跑进另一间漆黑的房间，然后大声喊道："妈妈，快来抓我啊！"他的脸上毫无掩饰地洋溢着快乐，即使在黑暗中，我也能从他的笑声中感受到明媚的暖意。

面对黑暗心生恐惧，是我们成长中都要经历的事情。或许是我比较在意和孩子之间的情感沟通，我觉得，比起和他讲冗长的大道理，我更喜欢用快乐的魔法帮助他战胜内心的恐惧。

一阵嬉闹后，我觉得没有那么寒冷了。我躺在沙发上，虽然疲惫但满足。花生还想继续刚才的游戏，但我轻声喊他过来，让他和我一起躺下休息会儿。他欣然接受了，然后紧紧地依偎在我怀里。

我记得上一次和他一起依偎在这个沙发上时，他还像个可爱的玩具熊宝宝那样小。我侧着身子蜷缩起双腿，膝盖贴着沙发的靠背，正好形成了一个像摇篮的弧形。那时，他就这么被我包裹在怀里,他的小脚刚好可以踩在我的大腿上。如今,再和他一起躺在沙发上时,他已经能把我挤到沙发边了。

长期的朝夕相处让我习惯了他的成长,没有刻意留心他的变化。然而,生活总会在不经意的瞬间提醒我,他已经渐渐长大了。比如这躺下以后不再觉得宽松的沙发,比如他短了一截的裤腿,再比如已经顶到大脚趾的球鞋……

他小小的身体已经在岁月的流转中逐渐有了属于自己的成长,一切都在发生着自然而然的改变。唯一不变的是,他仍然深爱着我的怀抱,这让我感到极大的满足,也是作为母亲的一种幸福。我明白,分离的那一天或许会像我觉得他突然长大一样倏忽而至。但是,我会珍惜每一个和他在一起的时刻。

"花生,你现在还害怕吗?"

"嗯,没有那么害怕了,和妈妈在一起我就很开心。"

"其实害怕也很正常。毕竟我们都不喜欢黑暗,黑漆漆的一片什么都看不见,也不知道能做什么,还担心看不见的地方会不会藏着什么东西要把自己吃掉,你是不是也是这样想的?"

"嗯,我就是觉得太黑了很可怕。就像之前我一个人在房间里睡觉的时候,我就觉得太黑了,你给我用了小夜灯后,我能偶尔看到一点光亮,就不觉得那么怕了。"

"你知道吗?花生,妈妈也是长到了很大的时候,才开始喜欢在黑漆漆的房间里睡觉。因为这样可以忘记时间,不被打扰,一觉睡到天亮。我能睡满整整一个晚上,那种感觉真的太舒服了。不过,花生现在还小,可能还没办法体会到妈妈说的因为高质量睡眠而带来的快乐。你在很小的时候就可以睡整觉了,而且四岁的时候就能自己睡一间房,你可比妈妈厉害太多了。妈妈直到七岁还在因为要自己单独睡一间房,和外公、外婆闹别扭。"

"真的吗?妈妈,你七岁了还不能自己睡觉啊?"

"对啊,妈妈是真的没有你厉害。所以,每次我看到你一个人在房间里很快地入睡,都觉得你很棒。你不仅战胜了黑暗,也战胜了恐惧。"

"嗯,其实一个人睡觉很舒服。我知道你也在家里,有什么可害怕的嘛，我才不怕。"

"花生，你真棒。"

"妈妈，你说什么时候才会来电呢？都八点了，今晚是不是不会来电了？"

"我也不知道，我们再等一个小时吧，如果待会儿还没来电，那我们就摸黑去洗脸、刷牙，然后睡觉吧。明天早上起来肯定会有电的，放心吧。"

"嗯，好的，反正九点钟我就必须上床了。"

"你现在要不要跟妈妈一起听听音乐？你是不是从来没有在黑夜里听过钢琴曲？上一次停电，我一个人在家的时候，也是躺在这个位置，我听了很多遍柴可夫斯基的《四季·六月船歌》。我当时就感觉自己仿佛躺在一艘小船里，抬头就是银河里璀璨的星空。"

"哇哦，好美啊！但是我想听《菊次郎的夏天》，我已经会弹四页纸了，还有最后一页就学完了。今天不能练琴，我就多听几遍。"

熟悉的旋律在房间里响起，我闭上眼睛，脑海中浮现出花生这一个月苦练这支曲子的背影。他第一次知道这支曲子，还是因为我告诉他这是小忽爸爸最爱的钢琴曲。从那以后，花生就记在了心里，希望将来有一天自己能学会并弹给小忽爸爸听。我相信音乐的旋律能够穿越时空抵达天堂，他一定会听见。

"妈妈，爸爸为什么会喜欢这支曲子呢？虽然我也觉得很好听，可是我不知道他喜欢的是什么。"

"这支曲子来自一部同名的电影《菊次郎的夏天》，我猜想爸爸是因为喜欢这部电影，所以爱屋及乌地喜欢了电影的主题曲。"

"那这部电影讲的是什么？我也想看看，可以吗？"

"当然可以，这个周末妈妈陪你一起看，那你现在还想听我剧透吗？"

"什么是剧透？"

"剧透就是在你看这部电影之前，我就提前把剧情告诉你了，你就没惊喜了呢！一般人都不喜欢别人剧透，因为大家都更喜欢自己去观影的感觉。"

"好吧，我要剧透。"

"你这个奇怪的小朋友，那我就大致给你讲讲这个故事吧。"

伴随着耳旁传来熟悉的旋律,我开始给花生讲述这个故事——

"有一个叫作正男的小男孩,他从小就失去了爸爸,一直和奶奶生活在一起。有一年暑假,他想去看望他的妈妈,于是邻居家一个有趣的叔叔陪着他一起踏上了寻母之旅。电影就讲述了他们的这段旅行,在那个炎炎夏日里,他们俩共同创造了一段难忘又治愈彼此的愉快回忆。我相信花生看完这部电影后,也一定会很喜欢的。"

"正男也和我一样没有爸爸了吗?他爸爸也死了吗?"

"嗯,正男的爸爸也去世了。"

"那个叔叔后来陪他找到妈妈了吗?"

"找到了,但是,正男的妈妈有了新家庭后就不要正男了。"

"那正男是不是很难过?"

"对呀,他很难过,也很伤心,因为妈妈是他日思夜想的人。他一直以为妈妈只是去外地工作了,没想到妈妈是因为有了新的家庭，所以不要正男了。"

"正男好可怜，如果他爸爸还在，他妈妈是不是就不会不要他了？"

"花生，不是这样理解的。妈妈觉得这和正男他爸爸在不在没有关系，无论有没有爸爸，作为妈妈，都不应该抛弃自己的孩子。哪怕是开始一段新的生活，也应该是有孩子一起参与的新生活，这才是一个妈妈应该做的选择。"

"对！就像你永远都不会不要我，我们会永远在一起。那正男后来一直都不开心吗，那个大叔现在还陪着他吗？"

"虽然找妈妈的那段旅程没能给正男一个满意的结局，但是你知道吗，他却因此度过了一个终生难忘的暑假。因为他们俩一路上遇见了很多奇奇怪怪又可可爱爱的人，大家都给了正男很多温暖，正男也让那些大人变成了有趣的小孩子，他们彼此治愈和温暖着对方。这是一部非常温馨感人，让人笑中带泪的好电影。大叔后来和正男分开了，他们没有永远在一起，因为他们都有各自的生活，我们每个人都不会永远和另一个人在一起。"

"那妈妈有一天也会和我分开吗？就像爸爸那样？"

"嗯,是的,妈妈不是长生不老的神仙,妈妈也会老去死去,但是,在这之前我会陪花生走完一段很长的路。妈妈会永远爱着花生,哪怕我离开了也是,就像爸爸一样,无论他去了哪里,都是爱着你的。花生也会一直把爸爸放在心里,对不对?然后依旧和妈妈一起元气满满地过好每一天。因为我们的心中充满爱,所以我们更加热爱现在的生活,你说对吗?"

"嗯,是的,我虽然很想念爸爸,但是我知道他在天上守护着我。我现在过得很好,也很开心,我不会忘记他的。我希望正男也能开心起来。"

"花生,你真的好懂事,妈妈因为有你觉得格外幸福。"

"我也很幸福。对了妈妈,那这部电影为什么叫《菊次郎的夏天》呢?谁是菊次郎?"

"哈哈,我们家花生真的越来越可爱了,看来你真的在认真听妈妈讲故事呢!我以为你不会好奇这个问题,毕竟这是正男的故事,那菊次郎到底又是谁呢?这个答案就留给你看完电影以后告诉我吧。"

说完,我紧紧地搂住了花生。他的成长不仅体现在肉眼可见的短了一截的裤腿和变得有些拥挤的沙发，他心智的成长带给我更多的感触。这个曾经在我怀里听我说忽忽星球童话的小朋友，不再追问童话的结局了，而是学会了以天真的视角去看待成人世界中讳莫如深的生死问题。虽然他还是会因为思恋而流下眼泪，但他并不觉得自己是可怜或孤单的人。

　　时至今日，我依然觉得自己在生死教育这堂课上，选择对花生坦诚是正确的。如果我算得上一个充满正能量的妈妈，我想我身上一半的能量都来源于他。有人曾说，为母则刚是因为另一半太弱。然而，我相信还有一部分原因是，母亲们面对的生活有时太过残忍，她们必须让自己变得强大起来，才能成为那个保护孩子和自己的人。

　　花生有着属于他自己的人生命运，我时常在想，我参与其中的这个身份叫作"妈妈"，那一个妈妈应该做的事情到底是哪些呢？如果我能影响他的人生，我希望在养育之外，适当的时候理智地和孩子保持边界感，留给他更多自己去思考和成长的空间。

　　音乐循环播放了很多次后，终于停了下来。花生从沙发上坐起来，对我说："妈妈，我想自己去弹一遍这支曲子。

因为我刚刚想到你以前给我讲的关于贝多芬的故事，他就是在黑暗中弹奏出了《月光奏鸣曲》。你想不想听我在黑夜里弹琴？"

"我当然想啦，我觉得这会是一场非常特别的演奏会，我们也给它取个名字吧？"

"好的，那就叫'大冬天的停电演奏会'怎么样？"

"嗯……这个名字太普通了，你确定喜欢吗？怎么感觉这场演奏会不太好听的样子。"

"哈哈哈，那就叫'大屁墩夜间演奏会'。"

"嗯，不错，一听这个名字就知道是你的演奏会。走吧，我们去演奏一曲，看看你这个大屁墩能给我怎样的惊喜。"

借着手机的光亮，我们俩摸索着走向窗边的钢琴。月光如水，温柔地拥抱着整架钢琴，洒在琴键上的光芒似乎弥漫着一层柔软的绒毛。今晚的月光如此唯美，它没有带来凉意，反而让人心中涌起一股暖意。

花生慢慢走到钢琴前，拉开琴凳，坐直身子。他轻轻地掀开琴盖，然后回过头来冲我笑了笑。

他脸上的两个酒窝仿佛是云朵被风亲吻后留下的印记，那两个自然的弧线随着他上扬的嘴角而变化着深浅。他那双笑起来弯弯的大眼睛里，仿佛有无数繁星在闪烁着耀眼的光芒。

当这个纯真而热烈的笑容面对我时，我多么希望时光能够在此刻暂停，让我有机会把这个美好片段小心翼翼地珍藏在我的记忆中。我想把这个片段折好，然后放入我脑海中的宝物箱里，以便在未来的漫长岁月中，当我想念时可以再次回味。

"妈妈，你准备好了吗？我要开始演奏了，我现在有点儿紧张，第一次在黑夜里弹琴，不知道会是什么感觉呢。"

"嗯，我准备好了，你就放松心情地去享受这个过程就好。我能想象得到，这会是多么浪漫而奇妙的一次经历。"我一边说着，一边走到他身旁的椅子边坐了下来。

只见花生慢慢收起了刚才的笑容，将目光转移到琴键上。他微微倾斜的脑袋似乎在确认手指的位置。他再次调整坐姿后，将双手放回到膝盖上。老师曾经教过他，每次在演奏曲目之前，都要凝神屏气地默数拍子，等到一切准备就绪后再开始演奏。

在这几秒钟的沉默中,漆黑的房间里,只听见窗外的风把院里的桂花树叶吹得沙沙作响。我仿佛看到一个梦幻般的场景:花生不再坐在黑暗的客厅里,而是坐在繁星闪耀下的草原夜色之中。刚刚的声音是他轻踩树叶走向钢琴时发出的。我低头看见有一些微弱的荧光正在树叶下蠢蠢欲动,它们似乎在等待一个契机,然后就会从这枯叶下一跃升空。

就在此时,花生缓缓地抬起了双臂,当他的左手指尖落到琴键上的那一刻,一个头戴黑色小圆帽的精灵从琴键下的缝隙里跳了出来。随着花生手指按下的琴键越来越多,戴着黑色小圆帽的精灵们层出不穷地往外四处跳跃。

它们在空中翻滚、飞翔,又自由惬意地向下滑落,直到触碰到地上落叶的那一刻。那蓄势待发、荧光闪闪的东西就再也按捺不住,挣脱了层层落叶,向着广阔的草原飞舞而去。

它们闪耀着金色的光,我看不清它们的形状,只见它们和圆帽小精灵彼此拥抱着,牵着手在钢琴的上空轻舞飞扬。

此时的花生身披黑色燕尾服,他像极了一位魔术师,正在用他的手和他的心,赋予这个夜晚某种神秘而浪漫的色彩。

他左右交替的双手按下的仿佛不是琴键，而是魔法书里的神秘音符。这些音符盘旋在空中慢慢聚拢，从而形成一座闪着光芒的乐谱之桥。桥的这头有花生和我，而桥的那头又会通向哪里呢……

我牵着花生的手，慢慢前行。我们曾一起走过无数条这样的路，在思念的夜里，在深秋的风里，在四季的变化里。

"妈妈，我们要去哪里？"

"万物复苏时，都会向着太阳的方向前行，我们就去那里。"

我相信今夜的《菊次郎的夏天》会穿越星河抵达云之彼端。在那里，他的小忽爸爸一定正坐在璀璨星河中静静地倾听着。

我们将彼此放在心里，在不同的国度里好好地生活。神明会用他的方式给予彼此最温暖的回应，而这一切只有真正爱过的人才会明白。

那天晚上具体是几点来电的，我已经无法确定。我只知道，在那个夜晚，我和花生在各自的房间里睡得很沉。

我似乎做了一个梦，梦里有一座桥，我看见有个人在桥上大步流星地走着，他脚步所到之处，开满了星星状的花朵。桥下的草地里，一群金色的鱼随着卷起的草，像波浪一样跟随他前行。

他越走越近，星星和鱼儿们也越来越雀跃，直到他们来到一座房屋的门前。那个人整理了身上散落的星星，示意鱼儿们安静，然后他按响了门铃。

我还未来得及起身，花生已经欢快地为他打开了大门。一道温暖的白光和阳光一起洒进了房间，屋子里瞬间亮了起来。花草植物们也恢复了往日的色彩，窗边茂密的幸福树延伸到了房顶。

客厅里再次传来那首熟悉的《菊次郎的夏天》，音乐响起，沉睡的一切都焕发出生命力的光彩。

……

"妈妈，快起床，终于来电了！"耳边传来花生甜甜的声音，同时伴着他温暖的拥抱，我的梦也醒了。

"你还记得昨晚的'大屁墩夜间演奏会'吗？"他在我耳边轻声问道。

"当然记得,这是我听过的最棒的演奏会。"我笑着回答。

"妈妈,我昨晚做梦了,你呢?"

我看着花生的眼睛,微笑着说:"嗯,我也做了一个很美的梦。"

我们彼此看着对方,笑着互道早安,然后开始了新的一天。

如果爱有来生

女人并不是因为有了孩子，人生才算完整，
而是因为有了孩子，
才让我们在面对缺失的人生路上，
拥有了更多追求完整人生的勇气。

"妈妈,你肚子上的这个伤疤是在生我的时候留下来的吗?"

"嗯,怀你的时候我的肚子特别大,最后一次B超显示你已经有八斤多了,我实在生不出来,医生建议我剖腹。你出生后,护士把你放上秤时,我听到她们说:'是个七斤六两的胖女娃娃。'我当时简直不敢相信,自己居然能生个这么大的宝宝。你知道吗?你外婆生我的时候,我只有三斤八两,你可是妈妈双倍的重量啊。"

我轻轻地抚摸着妈妈肚皮上那道竖着的伤疤。每一次看到那条既生硬又明显的缝合口时,我都会感到难受。它就像一条蜈蚣一样,一直趴在妈妈的肚子上不愿离开,如今已经过了三十五个年头了。

在我年幼的时候，我曾经见过这道疤痕。那时我只是觉得它特别恐怖，而没有意识到这道疤痕给一个女性带来的疼痛，直到我自己分娩的那天。

从前期的体内上球囊，到注射催产针进行开指，再到最后十指全开地生产，整个过程我没有注射无痛针。九个小时后，助产师把花生从我体内拉了出来。

当他离开我肚子的那一刻，我并没有感到身体有什么明显变化。直到她们用力拉扯，将胎盘从我体内取出后，我才如释重负地喘了口气，仿佛整个人被掏空了一般。然而，随之而来的却是撕裂般的痛感。

当这种身体的痛楚让我忍不住用眼泪来释放的时候，花生的啼哭声又让初为人母的我笑了起来。那一天，我经历了这辈子情绪最为复杂的一刻。我想，没有哪一刻像生产那天一样百感交集。

"妈妈，我刚刚想到自己生花生那天的场景了。生孩子真的很痛，你当年也一定很辛苦吧？每次看到你肚子上的疤痕,我心里就挺难受的。"

"我和你的痛不一样,还是像你这样顺产好,剖宫产留下的疼痛太漫长了。不过顺产也需要勇气,你可比妈妈勇敢多了。妈妈也是在你生孩子以后才发现,原来你小小的身体里蕴含着那么大的能量。小时候的你长得很可爱,奶奶每次把你抱出去玩,大家都喜欢你的模样。圆圆的脸,圆圆的眼,头发一直竖着向上长,怎么也压不下来。你看到人就笑个不停,但生起气来也会哭个不停。慢慢地,你长大了,再也不想剪短发了,变得爱打扮了,情感越来越细腻、越来越丰富。妈妈总是担心你会太脆弱,也担心你这样的性格会不会容易受伤害。妈妈没想到,虽然你情感丰富,但是你一点儿也不脆弱,你丰富的情感反而转化成艺术灵感和对生活的热爱。我想这并不是每个人都能拥有的能力,至少妈妈就没有。我年轻的时候喜欢写文章,喜欢画画,但是那份工作逐渐把我所有的灵气都磨没了……"

妈妈说着说着突然停了下来,她抚摩我头发的手也缓缓地放下。接着,她叹了口气,然后温柔地说道:"不过没关系,我没能实现的理想,我的女儿都帮我实现了。所以我为你感到开心和骄傲。妈妈只希望以后你一切都好好的,你一定要爱惜自己的身体。"

我的妈妈是一名职业女性,在我上小学那会儿,我特别羡慕那些每天中午能回家吃饭、每天都能扎各种小辫子、放学了还能有妈妈在校门口接的同学,因为这些我都没有。我爸爸的工作需要长期住在单位,一周只回来一天。妈妈平时早出晚归,一周有四天晚上还要去上夜校。因此,在我小时候,爷爷、奶奶陪伴我的时间更多。

我的妈妈不会做饭也不太会做家务,奶奶照顾我的时间是最多的。后来,爸爸的工作调整后,他有更多的时间照顾家庭。再后来妈妈也换了工作,看起来更好但也更忙碌。虽然她再也不用每天挤两小时的公交车去上班了,但她依旧夜以继日地加班,与我鲜少见面。

我记得初中家长会基本都是爸爸出席的,我的同学也都只认识我爸。但是有一次,妈妈说她能早点儿下班,于是替换了爸爸出席家长会。当妈妈走进教室的时候,我能感受到大家看她的眼神,我也能察觉到她和其他妈妈的不同。

那天，妈妈穿着职业套装，一身咖色的西服搭配中长款的裙子，黑色的皮包和黑色的中跟鞋，简单利落的中短发自然地垂在她的肩上。她的身材并未因岁月流逝而走样，身上没有一丝赘肉。她安静地坐在那里听老师讲话，熟练地记着笔记。她全程都在认真地听老师讲话，没有和任何家长交头接耳。

后来，我的同学们问我："你妈妈是做什么工作的啊？她看起来好厉害的样子，而且你妈妈真好看，还这么瘦！"

大概那时的我正值懵懂的青春期吧，同学们对妈妈的赞美让我感到极大的满足和骄傲。其实在我眼里，妈妈每一天都是如此，我并没觉得有何不同，但是当别人说出她的特别之处时，我的虚荣心在那一刻得到了满足。

在妈妈四十多岁的时候，她凭借自己的能力，毛遂自荐去我们当地一家非常有名的医院应聘。虽然她的学历无法与名牌大学毕业生相提并论，但她毫不畏惧，因为她深知自己有着更丰富的社会经验和出色的管理能力。就这样，她从底层小干部做起，一步步晋升为全院最高级别的行政经理。

她创办院刊，撰写了大量稿件。她井井有条地安排各科室医生们的手术，不断地看书，不断地学习。在医院，找她做情绪疏导的医生总能在和她交谈后感到自己被治愈了。她以极大的耐心协调医患之间的矛盾，当遇到极端矛盾时，她也是和保安一起冲到最前线的人。

回到家中，妈妈的电话也会响个不停。我总能从她和别人的谈话中听到许多关于医学的术语，我知道这些都是妈妈进入医院后努力学习的新知识。

后来，妈妈在她的领域越做越出色，得到了领导的认可和赞许。于是，她也有了很多次和同事们一起出国做演讲的机会。再后来，我们一家人也从原来的老房子搬进了有绿化的电梯公寓。

这就是我的妈妈，一个没有背景的草根型职业女性，靠自己的勤奋打拼出了属于自己的事业。在外人看来，她光鲜的职业和独立的经济能力都是让人羡慕的，然而，在那些看似光鲜的背后，妈妈承担着鲜为人知的压力和痛苦。

有一次放暑假，我到医院去找妈妈，想和她一起吃顿午饭，正巧遇到了来闹事的病人家属。

几个中年男人一副气势汹汹的样子，扯着袖子要往医院里冲。三名保安一齐跑过来，拼命地拦住了他们。其中有个中年男人不停地喊着："让你们医院的负责人给我滚出来！"我吓得躲在一旁，准备给妈妈打电话时，却看到了穿着白大褂的妈妈和另外几名保安一起向这边跑过来。

只见妈妈毫无防备地走到那个中年男人的身边，尝试安慰他："这位先生，您好，要不我们去调解室慢慢说吧。您有什么想法可以告诉我，现在是就医高峰期，还有很多病人等着问诊……"然而，妈妈的话还没说完，就被那个中年男人打断了。他见过来调解的是个瘦小的女人，便快步上前，不由分说地狠狠一推，妈妈被他推倒在地，一时之间怎么也起不来。

我见状赶紧冲了过去，也不知道哪儿来的胆量，我大声对那个中年男人说："你这个没有素质的人，你凭什么动手？"

妈妈见我来了，她表情痛苦地努力站起来，然后立即把我拉到身后。她紧张地示意我别说话，并不断地强调让我保持沉默。但是我很生气，我不仅不听她的劝说，还在不停地回撑那个男人。

男人见状比刚才更气愤了，随之骂出更多不堪入耳的脏话。围观的人也因此变得越来越多。

大厅里，一边是保安们强行拉住那个男人和他的同伴，另一边是其他调解人员正在努力分散聚集的人群，场面一度陷入混乱。最终，几个闹事的壮汉被闻讯赶来的警察带出了医院大厅。

随后，妈妈一瘸一拐地带着我回到楼上的办公室。一路上，她一言不发地走在前面。进了办公室后，她顾不上整理自己凌乱的衣服和头发，就开始对我咆哮："谁让你过来的？你怎么能用这样的态度跟别人说话？你知不知道刚刚有多危险！"

当时我并不理解妈妈为什么发这么大的脾气，我甚至觉得她应该表扬我的勇敢才对。明明是她和我约好了一起吃午饭的，怎么就成了是我故意来这里吵架呢？我看到她被欺负，我想帮她，我觉得她胆小怕事，总是担心和别人起冲突可能会遭到报复，所以她从来不和别人起矛盾。即使遇到不公平的事和蛮横无理的人，她也会忍气吞声不去辩解。我委屈地哭着回应妈妈："我做错什么了？我只是无法忍受，他不应该那样骂你，而且他还动手把你推倒了。"

"这有什么？我每天都要面对这些，这些话我听多了，这就是我的工作之一。我必须处理好患者和医院之间的关系。他们只是在气头上，所以他们冲动，等他们气消了就会好了。骂几句难听的话又算什么呢？但是，你今天的行为不仅给我的工作带来麻烦，也让你自己陷入了危险的境地。你还太年轻，根本不知道这个社会的险恶。当你还没有能力保护自己的时候，凭什么觉得自己有能力保护他人呢？刚刚那个人如果伤害了你，我会有多自责，我简直不敢想。所以，以后你不要再来医院找我了，这里的环境很复杂，我希望你别再来了……"妈妈用近乎颤抖的声音回应我。

她先是看着我，然后把头转向窗外。凌乱的头发遮住了她的一小半脸颊，但是眉宇间耸起的纹路却清晰可见，她的脸上写满了疲惫和焦躁。

她本想继续说些什么，但她没有开口，而是起身走到窗边背对着我，一直注视着窗外的车水马龙。我低下头时，发现妈妈的影子落在我脚边。影子的边缘本来是清晰的，可是慢慢地它变模糊了，直到几滴圆形的斑点晕染到影子上，影子的轮廓就怎么也看不清了。

我只是在偶然的一天目睹了妈妈工作的状态，这些对她来说却是日常。她一直是个胆子特别小的人，但是工作逼着她必须去面对许多她原本害怕的事情。不仅如此，她在开解别人的时候，也在把他人的情绪垃圾往自己身上揽。

就是这样充满压力的工作，妈妈一干就是一辈子，各种难听的话她都听过。生老病死、人情冷暖，她在医院见得太多了。她一边以共情的心态去理解他人，一边又不得不用理智去压抑自己的情绪。尽管她始终全心全意地投入工作，一直用她的善良和纯朴去帮助他人，却无法找到调节自我情绪的解药。

长年累月地忙于事业，导致她和爸爸之间的感情裂缝变得越来越大。工作带来的精神压力让妈妈痛苦，但她只会悄悄地躲起来掉眼泪，可她不知道我时常能看到。

到了第二天，她又会在我还没起床的时候整理好一切，继续奔赴她的"战场"。

读高中时,我因为早恋问题被老师划为问题学生,成绩也在那个时期直线下滑。我的叛逆把我爸气到怀疑人生。当老师和爸爸都在用最严厉的方式让我赶紧割舍掉早恋时,妈妈却用她的方式改变了我,也改变了我的人生轨迹。

我和妈妈之间的情感其实是在我高中时期才逐渐建立的。在此之前,我和奶奶以及爸爸更为亲近。我无法理解为什么高压的工作带给妈妈的只有痛苦,但那个时候的我就是喜欢在医院里穿着白大褂、在家爱看书、总能带我去餐厅吃饭、过年过节还能送我很多礼物的妈妈。

面对我的早恋和成绩下滑,妈妈没有严厉指责我,而是问我:"那个让你喜欢的男孩是个什么样的人?"

然后,她开始像朋友一样跟我谈心,分享她年轻时的故事。她第一次告诉我她在工作中遇到的各种故事。再后来,由于工作繁忙,她不能经常陪我聊天,于是选择用写信的方式和我交流。

就在妈妈给我写的一封又一封信中,我读到了她的思想、人生理念以及她独特的温柔与浪漫。

我之前从不觉得自己长得好看,甚至会因为自卑而认为自己很不好看。但是妈妈会时常夸赞我的样子讨人喜欢。但夸赞之后,她又会接着说,外表的美丽固然重要,但再好看的皮囊都不如智慧的头脑、善良的灵魂来得实在,这才是女人一辈子的美丽。

妈妈爱看书,她说读书能滋养灵魂,激发心智成长。在妈妈的影响下,我也变得爱看书。我喜欢在书中探索这个世界的过去和未来。

妈妈还给我讲了许多故事,有的是传说,有的是历史,有的是文人的爱情故事,还有的是名家的生平事迹。这些故事背后都蕴含着耐人寻味的人生哲理,当妈妈用故事的形式向我讲述时,我一点儿也不觉得枯燥乏味。相反,我非常钦佩妈妈能将读过的所有书铭记于心。那个给我写信、陪我读书的妈妈,和工作中的她截然不同。

我对大学生活和未来人生的许多憧憬和设想,都是在那个时期形成的。在妈妈的引导下,我从迷茫中走出来,步入了一条对未来充满无限期望的阳光大道。她鼓励我一定要去更大的平台,去看看更广阔的世界。她自始至终没有评判早恋这件事谁对谁错，也没有责备这段经历给我带来的影响。

她只是告诉我：要努力让自己变得更优秀，那样才有更多底气去选择自己想要的人生。

高考那年，我在那个普通高中通过最后一年的努力，考出了前所未有的好成绩。在我报考的所有大学里，艺术类的统考我全部拿到了通行证。最后，我以全省第一名的成绩进入了西南大学——全国重点综合性大学之一。在这里，我不仅遇到了一群同样喜爱画画的朋友，还认识了来自全国各地各个专业的朋友。

如果当年没有妈妈的鼓励和陪伴，我可能还是那个任性的人。我也不会那么迫切地想要拼尽全力为自己的将来努力一把。这一切动力的来源大部分归功于妈妈。是她让我认识到，自己主动想要改变命运的力量有多大。同时，也是她让我明白，永远要做一个有知识的独立女性，因为这是女人这一辈子最自豪、最有底气的事情。

在大学期间，妈妈依旧会给我写信。对于我那时的人生规划和理想，她总是给予我鼓励，从不打击我或说我天真。

她从不要求我毕业后去赚大钱，更不会让我去选择更安稳但我不喜欢的工作。相反，她会告诉我：不要埋没了自己的才能，要去做有创造性的工作。

在我大三那年，妈妈刚做完一个小手术，在家休养了不久，就迫不及待地从武汉赶来重庆看我。我带着她坐上学校的观光车在校园里游览。一路上，妈妈不停地称赞着校园的美丽。

当经过一个大操场时，成群结队的大学生沐浴在阳光下，有的漫步，有的跑步，有的欢笑，有的拥抱，他们美好得像一首首青春的诗，深深地吸引着妈妈的目光。当校车穿梭于一栋又一栋教学楼之间时，妈妈的眼里流露出了羡慕的神情，她感慨，这才是真正的好大学，是自己当年读的那个小小夜校永远没法比的。

我知道妈妈很渴望上大学，她想和我一样走进大学的画室里学习画画，她希望有一天自己也能自由自在地写小说，不再受限于给领导写材料和为院刊物编辑文章。她多希望她的文字和画笔也能插上翅膀，随心所欲地在纸上挥洒，表达她内心深处的思想和情感。

临近毕业的时候,我的理想就是将来能去出版社当一名好编辑。我把这个想法告诉妈妈的时候,她没有阻碍和干涉我的选择,只是让我趁年轻多去体验和经历,无论是工作还是生活,都可以在努力前进的路上寻找到自己真正想要的答案。

最终,当我在绘画创作中找到了自己想要终生努力为之奋斗的事业时,许多人都在指责我任性、莽撞、不计后果,只有妈妈力排众议地支持着我。她告诉我:"不要被枯燥烦琐又没有创造力的工作扼杀了创作的灵气。"她鼓励我勇敢地去做自己想要做的事情,并相信我一定会有所作为。

这就是我的妈妈,一个在尔虞我诈的职场中打拼了一辈子的人。虽然她向往自由、喜爱艺术,但是为了家庭和孩子,她却牺牲了自己的个人理想,为这个家创造了更美好的一切。她在日复一日的工作中磨灭了自己身上的灵气,但她从未将自己的理想强加于我。她只是在用她的爱和鼓励,让我勇敢地追求自己的梦想,让我成为一个心灵自由的人。

我每次问妈妈,这辈子让她感到最幸福的事情是什么?妈妈永远都会说:她最大的幸福就是我,是看着我考上好大学，是见证我嫁给了爱情，是陪伴我走出人生谷底，是让她不仅做了妈妈还当了外婆，是让她不再后悔前半生所有的辛苦，因为她有我。

我的妈妈，虽然没有在衣食起居上给予我事无巨细的照顾，但是她也从来没有吝啬过对我的爱。这份爱虽然不是一日三餐中食物的味道，也不是给我扎漂亮精致的小辫儿，但她给了我一辈子受用的精神食粮。她让我看到了独立自强的女性能有多坚韧和勇敢。

当我成长为一个羽翼丰满、准备展翅高飞的大人时，妈妈从不干涉我的人生选择。她做到了一个母亲该有的合理退场。当我做的人生抉择在旁人看来显得任性而不理智时，她总是理解我、支持我。她明知道自己不擅长做饭，家务也做得不好，但当她退休后，她做的第一件事就是开始学习如何打理好一个家。她在努力地弥补自己年轻时错过的很多事情。

这个世上有千万种母女相处模式，比起父女、母子，或是父子之间的情感，我认为母女间的情感更为细腻也更为绵长，更能理解彼此。毕竟，母女之间有太多相似的身份。

这个社会对女人的定义和要求实在太多了。当我们身为女人时，意味着会同时拥有人生的两个身份：母亲和女儿。很多时候，我们学着做一位母亲时，并没有意识到女儿这个身份也需要学习。而当我们开始学着要做个更懂事的女儿时，又已经开始了母亲这个身份的旅程。

有了花生以后，我才更深刻地理解到妈妈在生我时所经历的痛。当我能一边养育孩子一边为自己喜爱的事业努力奋斗的时候，我才感受到妈妈身不由己的无奈和遗憾；当我为花生的未来焦虑的时候，我才意识到妈妈在教育我时的心境是多么平和与坦然。

还记得我刚生完花生那天，在我即将离开产房的时候，隔着一道门，我听到大家在外面聊天的声音。有人说："孩子太可爱了，看这视频里的模样，眼睛像爸爸。"有人说："孩子看起来不是很大个呀。"还有人说："生孩子时间太久了，一下子就从白天到晚上了。"

这时有一个清晰的声音传来："我女儿真勇敢，她太不容易了，她一定累坏了……"

听到妈妈的声音后，我的眼泪就哗哗地流出来了。妈妈比任何人都喜爱花生,但在那个时候,她心里最在意的只有刚经历生产的我。比起周围人对花生的期盼和好奇,她更关心我是否一切都好。

妈妈是家里六个姊妹中最小的,也是外婆差点儿就不要了的那个小女儿。外婆重男轻女,一生都在指望她的儿子们能出人头地,然而这个她最瞧不上的小女儿,最后却成了家里最有本事的人。

妈妈在缺乏母爱的环境中长大,爱她的父亲很早就去世了,家里的贫穷让她连一张属于自己的床都没有。因此,妈妈总想讨好外婆,希望能在她那里得到一些像她对哥哥们那样的关爱。

妈妈长大后喜欢上了画画和看书。遇见爸爸后,妈妈最开心的事情就是终于能有一个属于自己的家了。在我的记忆中,在妈妈还不是那么忙碌的那些年里,她和爸爸的感情非常好,我们一家人经常出去旅游。

但是生活改变了很多,我并不想去评论父母之间的感情,以及他们没能经营好的婚姻。但我清楚地知道,他们俩都深深地爱着我,他们用了不一样的方式来对我好。所以,我是在爱里长大的孩子。

尽管后来我看到了他们婚姻生活中的许多无奈,但妈妈从未向我抱怨过"婚姻是女人的坟墓",反而鼓励我要勇敢地追求自己想要的幸福。妈妈常说:她很羡慕我,因为她总能在那些喜欢我的男生眼里看到满满的爱意。因此她只想把我托付给爱我的人。妈妈认为只有这样,我才会过得幸福。她从不以金钱和地位去评判一个人,她在意的只有这个男人是否真心地爱我、对我好,珍惜我热爱的事情,支持我的梦想。

这是我第一次写下关于妈妈的文字。我的成长和蜕变,离不开她的陪伴和教诲。她给我介绍过许多好看的书,引领我走进新时代独立女性的大门。尽管她一直觉得自己有很多做得不够好的地方,也不是什么新时代女性,但我还是想告诉她:

妈妈,前半生真的辛苦你了。接下来的人生,我希望你再也不要讨好任何人,不用再看任何人的脸色,也不用再去排解别人的情绪垃圾，你再也不要因为他人的定义去质疑你自己了。虽然前半生你活得好辛苦，但你的前半生也是精彩的。所以不要回头，也不要让过去的事成为你下半生的束缚。我喜欢现在那个每周去老年大学上课的你，喜欢那个偶尔和爸爸一起出去旅游的你，也喜欢那个笨手笨脚学做饭菜的你，更喜欢那个作为我头号粉丝买我的书、看我的画的你。

我懂事得有点儿晚，让你操的心也很多。当我有能力赚钱给你买更多东西、带你出去旅游的时候，我才发现，你真正需要的其实是爱、是理解、是包容、是被温柔地善待。我很感谢你一直包容我，让我有机会在这辈子做好女儿这个身份。你总说我比你勇敢、比你坚强、比你有才华，但是，如果没有你，哪里会有我？

我努力地回想了很久，你有没有干预过我的人生选择，或者强硬地让我按照你的方式做什么事？我发现，这么多年你从未做过这样的事。你教会我母女之间的爱也需要有边界，你看着我跌倒，心疼我受伤，却仍然支持我去做我想要做的事，然后你就在身后用你小小的身躯保护着我，告诉我，还有妈妈在身后支持你，不要怕。

这辈子我最后悔的一件事,就是在你最无助、最难受的那段日子里,你渴望向我诉说和发泄情绪,而我却不懂事地说你就是想太多了。我从未像现在这样希望时光能够倒流,我真想狠狠地打醒那时的自己。

我明明是那么爱你,却说了伤害你的话。你眼里的落寞和难过,让我意识到自己再也不能这样任性。即使在很多人都夸奖我的时候,我也应该清醒地认识到自己并没有那么好,我也有不懂事、不珍惜爱的一面。我知道我错了,所以从那以后,我加倍地珍惜我在意的人和事。

你善良了一辈子,你积累的所有善行都回报到了我的身上。所以,我想努力做个温暖又善良的人,就像你一样。

你总是说自己不够能干,怎么会有我这样能干的女儿?你不知道,这句话让我在成为母亲后反思了很久。我确实看到了你身上的许多不足之处,因此我努力改变自己,希望自己在拥有事业的同时也兼顾好家庭并陪伴孩子的成长。无论是两个人抚养孩子的时候,还是我一个人照顾花生的时候,我都尽全力去做好每件事情。

在能干的背后,是沉重的压力和不堪重负的辛苦。或许对我自己而言，我是有所成长的，但我回头看看花生，他却未能像我小时候那样独立。或许是因为我做得太多，过于能干，导致他对我的依赖更强，这和小时候那个独立的我完全不一样。因此，我意识到正是因为你的许多不会和不能干，才激发了我主动去学会这些。反过来，我反思自己的人生，当我包揽了所有事情时，留给花生的又会是什么呢？这些对人生的思考让我学会了反思，并采取了不同的教育方式对待花生。

每个人的成长都是独特而不可复制的，我们不应该有任何的埋怨和责备。我看到了你和爸爸身上的许多不足之处，然后我努力去改变自己，变得和你们不一样，而不是埋怨你们为什么不完美。你们也是第一次做父母，我不应该苛求。不完美的原生家庭是常态，但勇敢地成长为更好的自己才是人生的选择。实际上，随着年龄的增长，我越来越意识到，正是这份不完美，才让我们每个人都有机会去学习并主动改变自己，从而看到不同的人生轨迹。

一根脐带的连接让女人有了身披盔甲的勇气。世人常说，女人因为有了孩子，人生才算完整。但我认为，女人从生产那天开始，人生就在不断地面临缺失。

我们身上的一块肉与我们分离了，这是肉体上的缺失；我们的心从那天开始会一生都为这个孩子牵挂，这是精神上的缺失；我们与孩子从亲密无间到不得不目送他远去，这是情感上的缺失。

女人并不是因为有了孩子，人生才算完整，而是因为有了孩子，才让我们在面对缺失的人生路上，拥有了更多追求完整人生的勇气。

从身体中分离出去的那块肉，承载着我们的美好，成长为更好的另一个人。这份肉体的缺失，实际上是促使另一个有灵魂的生命得以生长。我们为孩子牵挂和操劳，期盼他们平安健康，又渴望他们优秀不凡，但命运女神从未许诺过任何一个母亲，你的孩子一定会平安到老，一定会出人头地。

当他们是独立的一个人的时候，他们就已经开始了属于他们的命运，因此我们也应该学着坦然面对一切，并过好我们自己的人生。同时，这也是在给孩子展示另一种人生的可能。当他们渐行渐远，留给我们更多的是背影时，我们应该感到庆幸，因为这让我们学会了，人与人之间的情感需要有一定的距离。这样的爱才是最和谐的存在。

毕竟，他们因为爱而无私地选择了我们，并走进了我们的世界。那么，我们何尝不应该因为爱，在合适的时候得体地退出他们的世界呢？

亲爱的妈妈，谢谢你让我懂得了这些道理。你一直是我生命中最重要的支持者，你给予我才华、勇气、善良、韧性和坚强。最重要的是，你给予了我宝贵的生命。我珍视生命中的每一个瞬间，不会因为任何挫折或打击而轻视自己的生命。

我现在的工作有时会遭到一些人的议论，你每次看到那些，还会给我写好多文字开导、安慰我。但我想告诉你，我已经成熟了许多，能够积极正面地去勇敢面对我的人生困境。我珍惜我自己的身体，我也珍惜你和爸爸、花生以及我的新生活。愿我们都用心珍惜这苦尽甘来的人生。

最后，我想对你说：如果爱有来生，让我做你的妈妈吧。我会给你满满的爱，陪伴你长大，尽管我可能不太擅长做家务，但我愿意学习做你喜欢的饭菜，给你讲故事，教你画画。

等你长大后，我要像闺密一样跟你一起逛街。你要去自由又快乐地谈一场恋爱，好好被心爱的人呵护。然后，我也会像你对我那样，体面而合理地退出你的世界。

在你需要我的时候，我就去帮你照顾孩子；在你不需要我的时候，我就继续自由惬意地过我的下半生。我会去许多地方旅游，拍好看的风景给你看，我也会把我画的最新作品与你分享。我不会给你增添经济负担，但我的小金库会永远为你留着。在任何你需要我的时刻，我都会在你一个转身的距离，为你提供温暖和力量。

我会永远爱你，就像你上辈子爱我一样。

小满

什么是缺失，什么又是拥有呢？
生活的惊喜永远不会预知，
它只是把一切留给了那些不放弃、不抱怨、
仍然乐观勇敢生活的人。

我想起很多年前做过的一个梦,梦里我和姐姐坐在一起聊天。

她本就是个乐观的人,但那天,梦里的她比以往任何时候都开心。她穿了一件宽松的纯白连衣裙,皮肤白皙,长发飘飘,整个人沐浴在阳光下,周身都在发光。

我突然问道:"姐姐,你是不是怀孕了?"姐姐没有说话,一直在笑。下一秒,我就看到家里来了很多亲人,大家都在祝福她。一瞬间的闪回,等到我再回头时,发现姐姐已经在用手撑着腰走路了。

她一边张罗大家坐下,一边又不断地往卧房的方向看去。顺着她的目光,我看见空空的房中间有一张婴儿床,我走近一看，床里没有孩子。

除了我，没有人走进这间房，姐姐也没有。

再后来我就醒了。

醒来后，我心情很复杂。梦境从来不会给人单一的感觉，梦中不断切换的画面和随之而来的情绪变化，让我觉得虽然时间在正常推进，但我的情感和思绪却处在倍速状态中。因此，醒来后的身体和精神会特别疲惫。

我读大四那年，姐姐结婚了。虽是表姐，但我和她从小一起长大，感情与亲姐妹无异。我最大的遗憾就是没有给她当伴娘。那天早上，我赶了最早的火车从重庆回到武汉，来到现场时婚礼即将开始，但姐姐还是拉着我一起拍了合照。她身着洁白的婚纱，显得更加年轻漂亮。她和姐夫一起接受了我们所有人的祝福，开启了人生的新篇章。

姐夫比姐姐大了近十岁，不过两人志趣相投，沟通起来很是顺畅。性格不同，但理解彼此。姐夫会和姐姐一起贪玩，姐姐也会包容姐夫的"各种不会"。姐姐喜欢和年纪比她小的人交朋友，因此她身边"90后"的朋友较多。而姐夫是个怀旧的人,他的朋友全是"70后"的发小和同学。姐姐喜欢和朋友们组战队打游戏、喝酒唱歌、玩密室逃脱和狼人杀、做美甲、吃美食,而姐夫则喜欢偶尔在下班后约上一群固定的老牌友打牌,名义上打牌,实际上多在回忆往事。谁输谁赢并不重要,重要的是能像当年一样在打完牌后吃上一份熟悉的蛋炒饭,再点上一根香烟,这就是他最简单的快乐了。

他们看起来是两个如此不同的个体,但是他们又能自然地融入彼此的朋友圈。有趣的是,姐姐总是能很好地和姐夫的朋友们玩在一起,无论是牌友聚会还是车友旅行,他们聚在一起的画面看起来既美好又和谐。

然而,当姐夫走进姐姐的朋友圈时,画风就变得格外滑稽了。我记得有一次,他们一群人去KTV给姐姐庆祝生日,一群小女生手舞足蹈地唱着流行的《嗨歌》,而一旁的姐夫却喜欢上世纪歌手们的成名曲。姐夫就这样一边听着他欣赏不来的《嗨歌》,一边稳稳地坐在沙发上,摆动着手臂,脸上带着尴尬又不失礼貌的笑容,看起来真的太像一只泰迪熊了。

姐姐从来不在意旁人的眼光,也不在意别人对她说些什么,在她眼里,姐夫就是那个给她最大安全感又最宠溺她的"大白"。

他们是真正享受人生的那一类人,可能在别人看来,他们不够上进,不够拼事业。可是在我看来,他们只是在认真做好本职工作后,去尽情享受属于他们自己的生活。他们性格洒脱,既不追逐名利,也不趋炎附势,因此他们更容易感到满足,也更容易开心。另一方面,也是因为他们一直没有急于要孩子,所以他们在结婚后一直过着既独立又亲密的夫妻生活。

这样的时光他们过了四年,直到双方父母都在催促姐姐"趁年轻赶紧生个孩子吧",他们的生活才开始有了变化。

在我做了那个梦之后,我给姐姐打了电话,询问她是否怀孕了。

令我没想到的是,姐姐非常惊讶,问我是怎么知道这个消息的。我说,我只是梦到了。姐姐说,得知怀孕的那一刻,她非常开心,双方父母更是激动不已,他们已经准备好婴儿床和小玩具了。但是姐姐自从发现怀孕后,一直有出血的迹象，因此她不得不休假在家保胎。我们全家人都在等待她的出血迹象稳定下来，然而一个月后，宝宝的胎心停止了，这个小小的生命就这样离开了。

姐姐伤心不已。原来，过去这四年多，她和姐夫并未刻意避孕或是不想要孩子，只是抱着随缘的态度。这次流产让姐姐意识到自己的身体可能出了问题。因此，她决定去医院进行全面的检查。医生告诉姐姐，她的子宫有一半内壁粘连很严重，导致受精卵难以着床，进而造成习惯性流产。

当时，医生给出了宫腔镜手术治疗方案，宫腔镜手术是一种需要全麻的微创手术。这个世上没有什么手术是不会痛的，麻药苏醒后的疼痛感，只要经历过的人都会知道。

许多女性都有过妇科检查的经历，每年体检时，妇科检查就像噩梦一样让人感到恐惧。躺在检查椅上的那一刻，身体的疼痛和心理的恐惧叠加在一起，让人不由自主地开始发抖。越紧张越害怕，越害怕疼痛感就越强烈。

姐姐接受了医生的建议，做完第一次手术后，她以为熬过了这次痛苦，下个月就会好起来。然而，期望越大，失望也就越大。

看着姐姐一次次从手术室被推出来,姐夫心疼不已。然而,他们仍然继续尝试,或许是对上一个离去的孩子的执念,或许是他们渴望为人父母的心,也或许是承受着家庭和亲戚朋友的压力。总之,他们在痛苦和期待中完成了六次全麻宫腔镜手术,但残酷的现实是,姐姐的子宫状况并未好转。

每次月经结束后,那些被剥离的内膜又会重新粘连在一起。姐姐一次次满怀信心地走进手术室,又在昏迷中被推出来。多次的全麻手术让姐姐的身体和精神状态每况愈下。

那几年,我觉得姐姐变了好多,她没有刚结婚时那么开心了。每次和她聊天,我发现她的目光变得呆滞。我不敢当面问她,但她总是乐观地说:"休息一阵子再去看看吧。"

直到最后一次去医院,医生直截了当地告诉姐姐:"你这辈子不可能再当妈妈了,回去吧!"

一向乐观的姐姐在那一刻控制不住自己的情绪,崩溃地哭出了声。她的委屈和痛苦,已经不是能不能调理好身子后再去接受别的治疗,而是明白自己永远失去了做母亲的资格。

她做了最大的努力,最后却得到了最坏的结果,这样的打击对她来说无疑是令人绝望的。在那个当下,她不知道该怎么面对爱她的丈夫,也不知道要怎么去和公婆解释。明明那么努力,命运却给了她最残酷的打击。

很少发脾气的姐夫在得知这一切后,和他家里人起过一次很大的冲突。他对大家说,再也不会允许姐姐进手术室了,再也不要她受这种折磨了。他们俩就这么过一辈子,孩子没了就没了,不影响他们俩的感情。至于其他任何人,都不要再强迫什么了。

那一刻姐夫或许是失落的,但我知道他更心疼姐姐。他喜欢孩子,但他更喜欢能和姐姐好好地在一起。这世间的失去与拥有本就是守恒的。或许我们都曾在某一个地方失去过重要的东西,但是我们还能拥有的,何尝不是另一份更为重要的东西呢?

随后的几年里,我和妹妹以及弟弟都相继怀孕生子。花生出生后,姐姐对他格外偏爱。花生的第一个生日,姐姐亲手给他做了南瓜蛋糕。在我人生失意的那几年,姐姐常来家里陪我和花生。

有一次，我们俩单独在餐厅吃饭时，她告诉我，决定不要孩子以后她感到轻松了许多，再也没人催促她了。和姐夫的生活虽然平淡，但也很幸福。他们一起养了一只乖巧的小猫，偶尔也会和朋友出去玩。一切都仿佛回到了从前。

　　然而，当她看到我们的生活都因孩子的出现而发生改变时，她难免感到失落。尤其是在和朋友们一起旅行时，其他家庭基本上都是拖家带口，甚至有的已经有了二胎。这时，她就会感到特别不自在。毕竟，旅行在外要和大家相处一段时间。那些有孩子的家庭，虽然忙得不可开交，都没来得及去享受旅行的乐趣，但当他们在夕阳的余晖里拍下一家人的合照时，疲倦就被那幸福的橙红色一扫而光了。

　　而姐姐和姐夫心中的失意，只能随着夕阳一起慢慢落幕，再次沉入心底。明明是一颗炽热的心，却不得不归于孤冷的沉寂。当心中下起瓢泼大雨时，他们撑起还未缝补完整的雨伞。

　　或许只有时间才能慢慢修补好这把伞。当他们能真正收起雨伞时，阳光一定会再次照耀在他们身上，因为这样的美好本也曾属于他们。

　　我并不觉得姐姐需要安慰，我理解她，因为缺失的这种感觉从来都不需要别人去安慰，只是希望得到理解，也希望被包容、被照顾，所以我总是让花生和姐姐一起玩。

花生也特别爱他的大姨，我会自然而轻松地和她谈论孩子，也会听她讲述有趣的故事，然后我们一起开心地笑。我也会告诉她，真羡慕她到这个年纪还能如此自由自在地做自己喜欢的事情，还能在周末不被打扰地睡到下午才起床。姐姐每次都会回我："我们的幸福和快乐不一样，但我已经很满足了。"

看着姐姐逐渐恢复的身体和状态，我确实为她感到开心。这些年里，我们各自的人生都发生了很多变故，但唯一不变的是这份亲情的守候始终都在。我可能不是姐姐身边最会安慰她的人，也不是陪伴她最多的人，但我们从来不会吝啬对彼此的爱。

去年过完年，姐姐的身体一直不舒服，先是感冒，后来又得了胃病。因为胃病这件事，她已经做过几次胃镜，上次检查结果显示已经痊愈，不承想半年后会突然发病。她只好又来到医院，怕疼的她本想继续选择全麻胃镜的检查，却在和姐夫下楼缴费的时候突然改变了主意,换成了不用麻药的检查。

第二天,当他们把检查结果拿给医生看的时候,医生告诉她:"你的胃没有问题,一切都很好,你确定你的不舒服是胃引起的吗?"

"是的,我确定。因为我有胃病,最近呕吐得厉害,也没有食欲。"

"你是不是怀孕了?"

"不会的,我不可能怀孕。"

"为什么不可能?你先去验孕看看吧。"

……

后来的事情,大家应该都能猜到了,姐姐并不是犯胃病,而是怀孕了。阔别他们十年后,这个可爱的宝宝又回到了他们身边。宝宝就像一份礼物降临到了姐姐和姐夫的生命中,而且这一次是老天的恩赐,是缘分让他们重逢。

姐姐感冒那会儿因为天冷不想出门,所以没有买药吃,后来做胃镜准备缴费的时候,又临时改变了主意。她告诉我,这就像是冥冥之中被安排好的一样。她只是听从了自己的内心,去顺应了这一切的发生。

在我眼里，十年后再次怀孕的姐姐浑身散发着母性的光辉。三十六岁的她，虽然也算是高龄产妇了，但她的状态特别好。

怀胎十月后，她勇敢地顺产诞下了我们家族里的第一位小千金。宝宝的皮肤白皙，眼睛像姐姐一样又大又圆，头发黑而浓密，像极了姐夫，机灵的小模样实在讨人喜爱。

什么是缺失，什么又是拥有呢？生活的惊喜永远不会预知，它只是把一切留给了那些不放弃、不抱怨、仍然乐观勇敢生活的人。

失去本来就是一种无法挽回的状态，而不放手就会变成执念。但当我们选择放下执念时，就应该做好身心都接受的准备。继续听从自己的内心，去过好接下来的人生，意想不到的惊喜或许就会到来。但如果由此心生贪念和执念，认为必须有惊喜出现，那么我们可能还会再继续失去。

毕竟，那些真正能被我们所拥有的东西，从来不是靠执念和强求就能得到的。

缘分走了谁能强求，缘分来了谁又能阻挡。

姐姐和姐夫给宝宝取名"小满"。

他们俩希望孩子小则盈满，知足常乐。

圆梦

那是一个我从小就想要的梦:
在梦里,我希望所有我爱的人永远不会老去,
不会死去,
我们能永远在一起,永永远远地在一起。

高铁从武汉站缓缓启动，花生非常兴奋地查看列车厢里还有没有空余的位置。

他意外地发现，这节车厢的入座率非常高，没有一个空位。于是，他走到旁边的座位，把这个重大发现告诉了太爷爷和太奶奶。

两位老人乐呵呵地看着他，虽然花生说的是座位的事情，但奶奶却关心地问他："花生，你肚子饿了吗？要喝水吗？你的后背都湿了，快让你妈妈给你换个吸汗巾吧。"

这就是我奶奶，永远只管当下她想要说的话，她才不会去听你说了什么。但当你觉得她根本没在听的时候，她又会在关键时刻插上一句、说上一嘴。这时我才知道，原来奶奶啥都明白,她心里清楚得很。

"太奶奶,你有没有听我说话啊?我在给你讲我们这节车厢都坐满了,你发现了吗?"花生一边把奶奶的手从后背的衣服里扯出来,一边很着急地对奶奶说。

"哎呀,你这个人烦得很,花生在讲他的观察,你认真听。"爷爷也在一旁帮腔说着。

"哎哟,一个萝卜一个坑,那肯定都是满的啊。宝贝,你身上的汗太多了!"奶奶说着把手伸进花生的衣服里,试图用她的手隔开汗湿的衣服,同时看着我继续说,"小锦,赶快拿个毛巾擦擦,不然他会着凉的。"

我赶紧给花生换上新的吸汗巾,因为我知道如果不赶紧换,奶奶会唠叨一路。

花生这个年纪不喜欢听这样的唠叨,他不认为感冒是件严重的事,也不理解为什么奶奶对车厢满员的事不感兴趣。他喜欢像我爷爷这种人,能仔细听他说的话,还能认真和他探讨他发现的问题。

我当然能理解奶奶,因为我小时候她也是这样的,我可是在奶奶身边被她一路唠叨长大的孩子。

小时候，我看到《西游记》里观世音菩萨把金箍交给唐僧，还教了他一串法力无边的咒语后，深信我奶奶一定也学会了这个咒语。而且，奶奶运用得比唐僧还要娴熟，简直就是完全不分场合张口就来，只认这件事是否在她必须完成好的范围内。

随着时间爬过一座座岁月的山头，我长大了，奶奶也老了，她的唠叨功力也随着她的老去退化了。但是，她的心、她的眼依旧会停留在她在意的人身上，只是她可能唠叨不动了。

在她的世界里，她似乎从未给自己留下一席之地，她将所有的爱都倾注在我们身上，爱我们胜过了爱自己。小时候我常常跟奶奶顶嘴，长大后我学会了用最可爱的话语把奶奶的唠叨撑回去，还能让她笑着说一句："你现在嘴巴厉害了，我说不赢你了。"

大学毕业后，我一直想带爷爷、奶奶出去旅行。然而忙着工作，忙着生活，就把这件事搁浅了。我总觉得自己的时间还有很多，想着只要忙完这阵子就能带他们出去了，却忽略了爷爷、奶奶的时间或许并没有我想象中那么多。

一次和爸爸闲聊时,他告诉我:"爷爷前阵子说,他很想再出一次远门。这一次,他想带奶奶去承德避暑山庄看看,因为奶奶没有去过。爷爷说这可能是他们最后一次出远门了,他的腿走不动了,不可能再出去了。我就想问问,你最近忙不忙?有时间一起去吗?"

"可以啊,我最近不忙,我去安排好行程,肯定带爷爷、奶奶玩好。"我回答道。

其实我很忙,每天都是工作、家务、照顾孩子,已经很久没有休假了。但是,当爸爸提到这可能是爷爷、奶奶最后一次出远门的时候,我心里不禁涌起一阵莫名的伤感。回想起曾经想要带他们去旅行的想法,已经是十年前的事情了。如果我再错过这次机会,一定会在将来人生的某一天里后悔万分。

爷爷的身体状况一直不太好,他患有痛风、高血压,曾得过肾炎、冠心病。二十年前,他接受过一次心脏手术,并安装了支架,之后他就不再坐飞机了。不过还好他更喜欢坐高铁,他会习惯性地记下沿路经过的每一个小站。那些在我们看来不太出名或是不知名的小站，在爷爷的记忆里都有属于他那个年代的故事。

他喜欢在高铁上欣赏窗外城市与乡村的风景变化。比起乡村风景，爷爷更喜欢大城市里的建筑。毕竟他在成年之前一直都生活在农村，那些美好的田园风光在爷爷眼里是再寻常不过的景色。而大城市里的高楼林立、人潮涌动，反倒让爷爷觉得更有生命力。

我的爷爷是一名人民警察，他在武汉这座大城市里见证了太多的时代变迁。虽然他是个固执、保守又非常坚守原则的人，但他也对新时代里的新鲜事物充满了好奇与期盼。爷爷有着他那一辈人的信念和情怀，爱国爱党，他常常在家里说，希望在他有生之年能看到台湾回归祖国的怀抱。他还想见证很多奇迹，想看到我们国家变得越来越好、越来越强大的样子。爷爷的心里充满了家国情怀。

而在奶奶的心里，爷爷就是他的天，儿女、子孙则是她的地。他们都是个性耿直又脾气执拗的人，似乎也没有那么多共同的爱好。然而，他们却携手走过了人生的大半场，没有风花雪月，只有柴米油盐。直到今天，我都无法想象他们是怎么靠着自己的退休金攒下了那么多钱。他们从不跟儿女开口要钱，无论是生活起居开销还是生病吃药，他们都把自己安排得好好的。不仅如此，逢年过节还会给我们孙辈以及重孙辈的每一个孩子一个红包。

我记得在我上班后，有一年春节，我给爷爷和奶奶包了个大红包，他们在饭桌上乐呵呵地收下了。但是，年还没过完，他们就搭公交车来找我。见到我时，爷爷从荷包里把红包拿出来。我看着鼓鼓的红包，就知道他们来找我的目的了。

无论我再怎么说，最终这个残存着爷爷口袋里余温的红包，还是回到了我的手里。他们的脸上挂着暖暖的笑。

爷爷、奶奶待我千般好，却绝不会要我任何回报。他们的爱里是无止境的奉献，而我的爱里是报喜不报忧。这样的双向奔赴像一双温暖的手，不断地抚摸着彼此的心。就这样，我们都开始变得越来越柔软，越来越眷恋这个世界的一切。

为了让爷爷、奶奶和我们一起踏上这次北京之行，也为了让他们不再无止境地纠结费用问题，我编了一连串理由说服了他们。

世界很大，我希望有一段回忆是牵着爷爷、奶奶的手一起去看的，时间虽不多，但足够我们余生回味留恋。

在大家的欢声笑语中，我们一路向北前行。我不时看向爷爷、奶奶坐的位置，中午的阳光隔着玻璃慢慢地随着轻微摇摆的车厢爬上了他们的银发、脸颊，直至胸口。银色的头发在阳光下一闪一闪地发着光，他们脸上的褶皱在光影的衬托下呈现出了柔和的线条之美，我在脑海里已经勾勒出了一幅暖色调的素描画。对！只能是暖黄色调的素描才能把这一刻的温情表现出来，太多色彩会显得过于喧闹。

爷爷的手偶尔指向窗外，奶奶会顺着爷爷手指的方向看去，然后会心一笑，接着又马上絮絮叨叨地在讲些什么。爷爷一直点头回应着奶奶，我想这么多年他早已习惯了奶奶的絮叨。奶奶笑得很开心，她那排整齐又可爱的白色假牙也一起笑着。

在我的记忆中，奶奶从来不会用手捂嘴笑，小时候我还时常能看到奶奶因为高兴笑得热泪盈眶的样子。她的笑声爽朗、坦荡、毫无顾忌，她是那么大大咧咧又接地气的一个女人，同时她也泼辣、精明、霸道。或许是奶奶在我的记忆里走过太长太长的日子，所以我能深切地感受到她从五十多岁到八十多岁这三十年来的变化，唯一不变的是她的刀子嘴豆腐心。

爷爷不同于奶奶，他更有书生气。在看似大男子主义的外衣下，他其实是一个幽默风趣且富有童真的人。岁月蹉跎，爷爷伟岸挺拔的身躯早已不再，如今他只是一个白发苍苍的胖爷爷，但他身上仍留有当年当警察时的英气。那一身警服褪下后，大裤衩和短袖衬衫也让他有了更多的亲切感。直到如今，爷爷的眼里依旧有着对世界万物充满好奇的光芒，同时他也对未来满怀期望和遐想。

看着他们望向窗外的神情，我想我会永远记住这个画面。那一刻，在这辆"人生"的列车上，沿路的风景和陪伴看风景的人，仿佛构成了我对生活、对爱以及所向往的一切的美好画卷。

经过快五个小时的高铁车程后，我们一行六人终于来到了北京。但此次游玩的第一站并不是这里，而是距离北京不远的承德市。我知道比起北京，这里才是爷爷、奶奶这次旅行真正想来的目的地。

跟随我的向导，他们第一次住进了民宿。

这个民宿特别漂亮，它坐落在一座小山坡上，有一个宽敞的庭院，里面种满了鲜花和绿植，院子的角落里还搭建了一个户外帐篷，四周摆放着可以喝茶或赏月的坐椅。一楼是餐厅和公共休息区域，二楼则是并齐的三间客房。

整套民宿的外墙都是白色的，它被绿植环绕其中。黑色的扶手楼梯盘旋而上，五颜六色的鲜花争先恐后地在此绽放。这里的一切色彩都和自然和谐地融为一体，哪怕不是一个懂艺术的人，也会在这样的氛围里感受到美好幸福的感觉。人类对美和爱的感知力其实是与生俱来的，只是这种感知力并不是总能被我们察觉。

爷爷、奶奶一时半会儿还没反应过来什么是民宿，他们在好奇这不是别人的家吗？我们怎么可以住进别人的家里呢？我向他们解释道，这就是现在年轻人在外旅游时特别喜欢的一种居住方式，目的就是让旅人在异地也能感受到一种家的亲切感，也可以让人拥有一种不同于住酒店的体验感。这就是现在的年轻人对旅游这件事的另一种态度。

爷爷、奶奶很喜欢这里。他们坐在宽敞的院子里，仔细打量，欣赏美景，和爸爸聊天到深夜才依依不舍地进屋休息。

第二天清晨，我和花生不出所料地成为最后起床的人。我们梳洗完毕，准备下楼跟大家会合，花生蹦蹦跳跳地在我前面跑着。他一边扶着楼梯下楼，一边大声向每个人道着"早安"。

我看到爸爸和爷爷、奶奶再次坐在了昨晚的藤椅上，而妈妈则在一旁的摇椅上斜躺着。她拿着手机，一会儿拍拍天上的云，一会儿拍拍盆里的花。

花生一溜烟儿地钻进了帐篷里，当他探出脑袋喊我赶快下来的时候，我的心中涌动着一股暖流。

幸福，有时候需要一种具体的表达，但更多时候就是一个瞬间带给我们的感悟。在那个当下，我感觉自己拥有了世间真挚而永恒的美好。在我看来，眼前的美好胜过一切风景。我想将这份美好写下来、画出来，永远地镌刻在我人生回忆的长卷里。

我住过许多民宿，每一家都有自己的特色，但唯独在承德的这家民宿，它带给我一种特别有温度的美好回忆。我在那里的每一分、每一秒仿佛都能在风中闻到熟悉的味道，就是那种爷爷和奶奶、爸爸和妈妈，还有花生，都在我身边时才有的安心的味道。

第二天午后，趁花生睡午觉时，我来到爷爷、奶奶的房里找他们聊天。他们应该是刚刚睡醒，爷爷一脸睡眼惺忪的模样，奶奶正在整理床铺。我告诉奶奶不用自己打理，我们出去以后管家会上来清理房间的。奶奶没听进去，依旧自顾自地拉扯着被子，嘴里说着："不能把别人家里弄乱了。"

"爷爷，你住得还习惯吗？洗澡那些都舒服吗？"

"嗯，很舒服，这个床我很喜欢，是棕垫不是软软的席梦思，我怕睡那种软床。"

"那就好，你们住得舒服我就开心了。"

"这里很贵吧，太让你破费了。"

"哎呀，我就知道你要说这些。出门在外，不要总是说钱啦，我就想你和奶奶能玩得开心。"

"我们很开心，从来没体验过这样的旅行，这比跟你爸爸出门玩开心多了。"

"那可不，他是个小气鬼老古董，根本不能跟我比。"

我们开心地闲聊着，突然爷爷停顿了一下，欲言又止。他看了看奶奶，奶奶没有回应他，只是对视一眼后，马上回避了他的眼神看向窗外。

"怎么了爷爷？是有什么事情吗？是想去哪里玩还是有什么不舒服的？没关系，你直接跟我讲，我去安排。"我看他俩这奇怪的神情，关切地问道。

"都不是。小锦，我想跟你说件事，之前没对任何人说过。我和你奶奶考虑了很久，想跟你说说。"

我突然紧张起来，我害怕听到这样的开头。当时我并不知道爷爷、奶奶要说什么，但不知为何，我似乎已经预料到了。如果是别人对我这么说，我可能还会有些兴奋地认为是不是要告诉我一个秘密，但是爷爷、奶奶不会和我开这样的玩笑，他们早就过了开玩笑的年纪。

"好的，你们说，我在听。"我明显没有之前轻松了，声音压得有点儿低地回答道。

"这应该是我和你奶奶最后一次出远门了。我自己知道，我的身体越来越不行了，主要是我的腿走不动了，没有轮椅我根本没法出门。人的腿一旦不行了，可能命也就差不多了。"

"爷爷，你不要这么说，你和奶奶的身体很好，走累了就坐轮椅，休息好了再继续走路就行了呀，不要想那么多。"

"你很懂事，我和你奶奶都知道。你是四个孙辈里我们俩最放心不下的一个，但你也是最能干的一个。一个人带孩子不容易啊，但爷爷也不想你去和任何人将就过日子，所以一切随缘就好。花生这个孩子太可怜了，但他有你这个妈妈也是他的幸福。如果在我们活着的时候，能看到你们遇到个好人照顾你们母子俩，我们也就放心了。如果没有，爷爷也希望你要坚强勇敢地走下去。

"我和你奶奶，你们都不用担心，我们存了一笔钱，是我们的棺材本儿。然后我们给你大伯、你姑姑，还有你爸爸每个人都留了一点儿钱，将来还是得麻烦你帮爷爷、奶奶把这个钱转给大家。一直以来都是你在帮我们理财，我和你奶奶很信任你。本来我们是准备走了以后再让你把钱转给大家的，但是想了想，还是在我们活着的时候让你帮我们完成这件事情吧。

"我告诉你，我们死了以后不要什么陵园墓地，火化以后把我们撒进长江就行了。我和你奶奶都不需要你们的祭拜，人死如灯灭，走了就是走了，不要留念想了。"

爷爷收起笑容后，很平静地对我讲完这些话。奶奶也不再忙着收拾被子，而是默默地坐在爷爷的身边。这一次，奶奶没有插话，她只是眼里噙着泪。

我知道她不是惧怕死亡，而是心疼我。每次提起我的遭遇和现状，即使我再怎么努力证明自己很好，没有什么问题，奶奶依然不管不顾地说："我想来帮你带孩子，我可以给你做饭，没有人帮你，我心疼你。"

奶奶总是希望自己还能像年轻时那样，既能走又能跑。因为只有这样，她才觉得自己那些使不完的劲都可以用来帮我。但是，如今她不得不接受残酷的现实。一想到这些，她就止不住地哭。她哭自己已经走到人生边上，再也无法帮助我了。

爷爷安慰奶奶不要哭，他说，这不是什么值得哭的事情，他让奶奶相信我会好起来的。然而，爷爷说这些话时，眼角分明闪着泪光。爷爷不再是照片里那个身穿制服、把我抱在肩头开心大笑的警察模样了，他现在只是一个迟暮之年满头银发的老人。他没办法再陪伴我下一个三十年，他只能把所有的勇气、爱和期盼都说给我听，希望我的余生都能如他所说，一切都好起来。

我呆呆地坐在床上，看着半掩着的房门，外面的太阳正把地面照耀成白色。外面依旧是一个阳光正好的中午，和来北京时高铁上的阳光一样耀眼、炙热。只是这次，阳光没有再爬上爷爷、奶奶的脸颊，因为他们俩坐在了阴凉的房内，阳光被挡在了门外。

"爷爷，你怎么突然说起这些了？我只想你们能开心地享受这次旅行，能陪你们这样旅行我觉得很幸福。你们真的不要担心我，我会好好地过好将来的人生。你们就这样一直健健康康地陪伴我就好，和我一起看着花生长大，也要看着我将来变得越来越好。其他的事情，我们都别去想了。"

我努力收起眼泪，平复好心情，然后说出我想说的话。我知道如果我哭的话，他们会跟着难过；我也知道如果眼泪遮住了我的视线，我就没办法看清他们的面容了。我想清晰地看到坐在我面前的他们，我想深深地记住他们爱我时的样子。将来，或许我有很多很多的眼泪要为他们而流，但是此刻，我只想为他们擦干眼泪，让他们也看清我的脸，看到我的坚强和勇敢，让他们相信眼前看到的一切。

"好的，我们听你的话。不哭了，我们开心地旅游。这次旅行是我和你奶奶最难忘的礼物。我一直想带你奶奶来承德，因为有你，我终于了却了这个心愿，所以我很开心，真的要谢谢你才是。你也要记住爷爷今天讲的话，将来我怕自己老糊涂了，就什么都忘了……"

爷爷伸手抹了抹他的脸，想做出一副刚刚睡醒想让自己清醒的样子，但我知道他抹去的是眼角的泪。

离开承德之后，我才知道爷爷为何执意想带奶奶来这里。很多年前，由于工作的原因，爷爷去过北京，那时的北京不是今天的模样，他去了心心念念的天安门，也和同事们一起爬了长城。

临走的前一天，他独自去了承德避暑山庄。在那里，他买了一把印有各朝皇帝画像的折扇，还给奶奶买了一件素色小碎花的短袖衬衣。爷爷说，他当时看到北京的女孩都是这样打扮的，于是他拿出自己仅剩的工资也给奶奶买了一件。

当这件衬衫从承德来到奶奶的手里时，奶奶心生欢喜，爱不释手。她平时在家从来不穿这件衬衫，但出门走亲戚时，她一定会拿出来熨烫好，然后整整齐齐地穿上它，再搭配一条宝蓝色的中长款半裙。我在老照片里见过奶奶这身打扮，看起来简洁大方，非常得体和端庄。奶奶很爱惜这件衬衫，直到现在都完好地保存着。

我小时候总是问奶奶："这么好看的衣服为什么不常穿？"

奶奶每次都回我："我还有衣服穿，这个留着免得洗坏了。"那时候我无法理解，衣服不就是用来穿的吗？明明奶奶很喜欢这件衣服，却要一直放在柜子里。

奶奶应该听爷爷讲过很多次关于北京、承德的故事，她一定也很想去看看北京的天安门，也很想去爷爷买衣服的那家店里转转。爷爷年轻时的工作繁忙，不是在前线就是在去前线的路上。他去过很多城市，见过很多风景，而奶奶一直留在家里照顾孩子和家庭。虽然她几乎没有出过远门，但是她又怎么可能不想去看看外面的世界呢？

奶奶总以为还有时间，总想着等爷爷退休了就能一起出去玩了，可是她似乎总有做不完的家事和操不完的心。奶奶吃过的苦和为家庭的付出，爷爷都看在眼里，记在心里。或许真的是顿感人生之路已经在悄然倒数了，所以这一次他才执意要带奶奶再出趟远门。

我总是忍不住去想，当我走到爷爷、奶奶这个年纪时，我会如何看待自己的这一生，我会不会有许多未完成的心愿和遗憾，会不会对死亡又有了不一样的看法呢？

如此漫长的一段人生岁月，当有一天它接近尾声时，不知道会是在明天、明年，还是再过十年，我唯独能知道的是：当我八十多岁时，已不可能再有二三十年光阴。那么，在这剩下的时光里，我该如何尽可能不留遗憾地度过呢？

爷爷、奶奶选择在自己还能行动、神志还清醒时去努力完成他们认为可能最难以实现的事。剩下的时光则是相依为命，继续携手同行。人生的不确定性在于：前方除了有惊喜等待自己外，也有许多意外和无奈。

健康的身体是我们每个人安享晚年的基础。然而，许多老人可能因身体残疾、病痛折磨、亲人离散以及失去伴侣而在晚年倍感孤独……这些人生的缺憾笼罩着他们的日常生活,他们当然也有许多遗憾和未了的心愿,但或许已经永远无法圆满了。

作为儿女子孙,如果我们能给予他们更多的关爱和陪伴,尽可能多地给予时间,这种亲情的治愈将会是一股抚慰人心的力量,对他们来说也是一种慰藉。因为我们每个人都会变老、死去,善待老人,何尝不是在善待未来的自己呢?

离开承德后,我们回到了北京。由于爷爷的出行必须依赖轮椅,所以这一次没能重爬长城,但是一家人能一起在天安门前观看升国旗仪式,对我们来说也是很难忘的经历。

那天早上天还没亮,我们一行人就早早地赶去了天安门广场。尽管我们已经很早出门了,但在广场上仍然看到了来自全国各地的游客,人山人海。

一路上,花生一直在观察沿路的解放军。他走在爷爷的轮椅旁,会时不时地问爷爷很多关于解放军的问题,然后激动地感慨着:今天能看到三军仪仗队队员升国旗是一件超级幸福的事,这是他这几天以来最期待的事情了。实际上,花生也是带着他的小小梦想和我们一起来到北京的。

我们找到一处离升国旗最近的地方停了下来。爸爸、妈妈站在爷爷的右边，我和奶奶还有花生站在爷爷的左边。我们一家人就这么满怀期待地守候着，直到人群突然开始骚动起来，然后便听见有人在中气十足地喊着口号。循着声音的方向望去，只见三军仪仗队的队员迈着整齐的步伐走来。虽然这样的场景曾在电视里见到过，但是身处现场的氛围里，却是另一种无与伦比的震撼感。

当国歌响起的那一刻，我看到爷爷正在撑着轮椅的扶手，让自己缓缓地站了起来。他佝偻着背，左手用力地杵着他的拐杖，接着爷爷的右手慢慢地举了起来放到了太阳穴的位置，他目光如炬地看向前方，原来他是在向国旗敬礼。

那一刻，我感到我的内心像被一种火热的力量点燃。这既是因为嘹亮的国歌在天安门前响起时，我们中国人血液里流淌着的民族自豪感，也是因为爷爷努力站起来敬礼的这个动作，给我带来了心灵上的莫大震撼。

我回想起在爷爷家，他向我展示过一个装满各种奖章、警徽和党员荣誉证书的盒子，还有他年轻时身穿军绿色警察制服英姿勃发的照片。爷爷把它们当宝贝一样珍藏着，他怀揣的这份爱国情怀，不仅是他的人生信念，同时也是感染身边人的一种强大力量。

因为热爱家国，所以才会更加热爱现有的生活；因为热爱生活，所以更加珍爱家人。我们希望自己好，希望家人好，但我们更希望我们的国家越来越好。这种信念和情怀是代代相传的，这也是我的爷爷、奶奶、爸爸、妈妈所带给我的力量。

在观看完升国旗仪式后，我还看到了一个很感人的画面。

一位坐着轮椅的老人，在家人的陪伴下，被推到了一名正在站岗的解放军面前。老人面带慈祥的微笑，他抬起头一直盯着眼前那名解放军，而解放军则挺拔地站在他的岗位上，身子微微有点儿前倾，但他的目光始终凝视着前方。

虽然他没有低头回看老人，但在阳光照耀到他脸庞的那一刻，我看到他的眼角滚落下一颗颗泪珠，串成线从脸颊滑落。他微微皱起的眉宇和轻抿的嘴唇，仿佛在诉说千言万语，无声地传递着深情。

当我走近他们身边才了解到，原来这位老人家是这名解放军的爷爷。他们一家人从贵州的一个村里转车到市里，然后再乘坐火车来到北京。爷爷就是想来看看他的孙子，看看他守卫在天安门广场前的样子。

阳光穿过人群，用它最温柔的色彩洒在这对爷孙的身上。老人脸上的褶皱随着他自豪而感动的笑容变得更加清晰，解放军的泪光也在他的脸颊上闪动着光芒。他们近在咫尺却无法相拥，甚至无法说上一句话。

然而在那个特殊的时刻，这位爷爷却是满脸的幸福与满足。

我想，在大爱面前，爷爷心里明白，自己的这份思念之爱已经不再那么重要，他已经比任何时候都幸福。

北京之旅结束两年后，爷爷、奶奶真的没有再出过远门。

我一直觉得那段旅行不仅是我圆了爷爷、奶奶的梦，也是爷爷、奶奶圆了我的梦，那是一个我从小就想要的梦：在梦里，我希望所有我爱的人永远不会老去，不会死去，我们能永远在一起，永永远远地在一起。

家

有爱在，家便是承载爱的港湾，
无论经过多少喧闹繁华的港口，
看过多少绚丽灿烂的风景，
爱永远会引领我回到这个温暖的港湾。

英国作家伍尔夫说"每个女人都应该有一间自己的房间",在我大学毕业后的第十二年,我三十三岁的时候,我终于拥有了一套属于自己的房子。

我对物质生活并没有太高追求,但我渴望有一个属于自己的家。我决定购买房子,一方面是为了花生即将开始的学习生涯,另一方面也是因为我已经逐渐走出了丧偶的阴霾。我想继续过好接下来的人生,也想换个新的环境重新开始。

这种对新生的渴望和想要开始一切的冲动,不是因为任何一个人的出现,而是时间在流转的四季交替中,给予了生活它最应有的答案。

我想,只要我愿意,我就可以带着孩子开启新的旅程,不依附任何人，开始全新的生活，包括放下过往，也包括接受未来的无限可能。

还记得打包完最后一箱行李，在我即将关门的那个瞬间，我想到了小忽离世后的第一个新年，我带着花生从深圳回来，拿出熟悉的钥匙打开家门的那一刻。这两个时空仿佛在我的关门与开门之间有了一次重叠。

然而，随着这次关门声的响起，重叠的时空开始慢慢分离，我的人生也从此踏上了新的旅途。

对我来说，这是一个非常不易的开始。即使我能对所有了解我们故事的网友一一解释我的行为，仍然会存在一些无法改变观念的人，他们对我产生了厌恶至极的情绪。似乎认为我离开或翻过这段过往是一种对过去感情的背叛，而我的所有解释都显得那么徒劳。

有时候我也会想：其实比起失去本身，想要去拥有新的开始，才是真正需要勇气的一件事。既然选择了更需要勇气的人生，那就好好地为自己想要的人生活出它该有的模样吧！

当我第一次跟随房产中介娟娟踏进这个房子时，开门后的景象让我有些惊讶。

上一个租户留下的居住痕迹随处可见，各种家具的混合风格让人感到有些不和谐。然而，就在我不经意地抬头间，阳台外一棵巨大的樟树吸引了我的目光。

那棵樟树的树干粗壮而笔直，它顽强地向上生长，衍生出无数枝干。那些枝干向四周蔓延伸展，每一根枝干都被层层绿叶叠加覆盖，仿佛它们都在争相向阳光诉说着生命的故事。透过阳光的照射，我清晰地看到了斑驳的树影，柔和的光线洒在树叶上，仿佛调色盘上绿色和黄色的交融。

在我眼中，这个风景是如此美好。那一刻，我已经开始在脑中勾勒这个家未来的模样：试想一下，每次回家开门时，首先映入眼帘的是一个能看得见风景的房间。落地窗外，一棵常年茂盛的大樟树在风中摇曳，它带来了生命的希望。屋内，温柔的光线洒在装满书的柜子上，一切都显得那么宁静而温馨。目光所及，斗柜上摆放着温馨的合照，家里的每一处色彩都与窗外的风景交相辉映，显得那么自然融合。

这就是我心目中家的模样。在这个家中，我期待着一天所经历的疲惫和忧愁在关门的瞬间被放下，这才是一个家能带给人们的治愈和慰藉。

娟娟给我计算了首付款和每个月需要承担的房贷后，告诉了我关于房东阿姨卖房的故事："这位房东阿姨很特别，她不差钱也不缺房子。这套房在上个租户退租后，是第一次上平台出售。因为地段非常好，所以她并不急于出售，上架才一周就已经有很多客户来看过。有一家人愿意全款买下，但是阿姨见了他们家人后，回来跟我说不愿意出售，于是就找理由拒绝了。我们都觉得奇怪，因为价格这么好，一般业主都会同意拿全款买房的，但是这位阿姨说她买房子和卖房子都是讲究缘分的。阿姨说她不差钱，不愿意将这套房子卖给没有缘分的人，所以她会亲自见每一个想要买房的人。"

听到这里，我心里咯噔了一下，有些担心这位房东是否难以相处，并且我确实无法给出比其他买家更高的价格。然而，我仍然抱有一丝侥幸心理，认为如果她不是因为急需用钱，我或许还有机会。

于是，我鼓起勇气请娟娟帮我安排与这位特别的房东见面。在我内心深处，其实和她一样，我也相信这个世界上的任何事都有它注定的缘分。

在我观察这个小区房子的三个月中，我确实从未在任何出售信息中见过这套房子。也是在一个偶然的机会，我突然在网站上发现了它的信息。从图片中看，虽然室内有些杂乱，但装修却给人一种简洁的感觉。于是我决定亲自去现场看看这套房子真实的模样，没想到会对它一见钟情。

我不知道那个愿意全款购买的人家，是因为窗外的风景还是因为房子的其他附加值。不过，在我眼中，我实在是太中意身处这套房屋中，透过每扇窗户所看到的绿意盎然的景致。

约见房东的那天，天气格外晴朗。

我早早地来到了房产中介的店铺，娟娟告诉我，房东阿姨可能会晚点儿到，因为她的小外孙刚回国，父母太忙没时间带孩子，所以待会儿会有个小朋友一起过来。

闲聊了几句之后，我便看到一个穿着朴素、笑容满面的大约五十岁的阿姨走了进来。

她怀里抱着一个三岁多的小男孩，手腕处还挎着一个大包，想必她已经抱着孩子走了一段路。她头上的大汗如珠般落下，但依旧笑盈盈的。

当我看着她从屋外走进来时，我连忙起身笑着对她打了招呼。经过娟娟的介绍后，阿姨开口对我说："小李，抱歉啊！我迟到了，小外孙吵闹个不停，非让我一直抱着，所以在家折腾了好久才肯出门。"

"阿姨，没关系的，我也有个四岁的儿子，他也很黏我，做什么事情都喜欢跟我在一起。"我边说边让出座位给阿姨和小朋友。

"真看不出来，你还像个学生模样，就已经是妈妈了啊！"阿姨一直笑着问我。

"谢谢阿姨夸奖，不过我都是三十三岁的人了。"

"年轻真好。我老公就在武汉大学给年轻的大学生们上课，他教经济和金融管理方面的学科，从日本留学回来以后，一直在武大教书。不知道娟娟给你提过没，我也是机关单位的，早些年我们夫妻俩置办了些房产，现在老了过得也算挺好的。我们现在住在大学附近，主要是方便我老公上班，这套房子原本准备留给我小儿子的,谁知道他看不上,嫌弃房子太老旧了,我们就想着给他在旁边的新小区再置办一套。"

"嗯,我听娟娟简单提过,您的房子我很喜欢,主要是窗外的风景真的太好看了。虽说是为了孩子将来上学,但是更多的还是我自己中意房子本身。"

"是的是的,我当年买它的时候也是一眼喜欢上了这个绿化环境,我不喜欢太浮夸的装修,所以你看家里都很简单。后来租给了一个从台湾过来经商的人,他公司的东西好多都堆在了家里,不过那个小伙子人还挺不错的。"

我微笑着点头,听阿姨讲述着她与各个租户之间的故事,以及她购买每套房的经历。后来,她向我讲述了搬迁至武汉大学附近的原因。从她的言辞中,我确实能感受到她优越的生活环境。

尽管阿姨一直滔滔不绝,但她的故事并不让人感到厌烦。很多时候,我并不知道该说什么,我之前没有买房的经验,唯一的租房经历是在深圳。

我也不知该说些什么,能让阿姨觉得我会是她认为的有缘人，因此，我一直都在倾听，没敢问太多问题，直到阿姨开口问我："小李，你是做什么工作的呀？你就一个孩子吗？那你老公又是做什么工作的呢？"

我非常理解阿姨提出这个问题的含义，她想通过了解我的工作背景和个人情况，以判断我是不是一个合适的购房者。之前她开门见山地介绍自己的家庭，自然也希望我能报以真诚的态度回答她的提问。

我如实说道："阿姨，我是做自媒体工作的，有自己的工作室和线上店铺，也教授一些绘画课程。但我最喜欢的事情还是写书和画画，我出版过一些书籍，如果您感兴趣的话，下次见面时我可以带给您一本。另外，我就一个孩子，是个男孩，他今年四岁了，我们刚刚从深圳回武汉不久。我的先生两年前因病在深圳去世了，现在我和儿子生活在一起。我是真心喜欢您的这套房子，虽然我现在没有能力全款买下它，但我一定会尽全力不让您担心首付款和贷款的相关问题。我知道喜欢您这套房子的人很多，比我能力好的家庭也很多，但我仍然想抱着试一试的心态见见您，非常感谢您给我这次见面的机会。"

我说完这些后，房间突然变得安静下来。阿姨有些愣住了，我注意到在她听到我提及"去世"这个词后，她脸上原本的笑容消失了。

如果不是她主动问起，我本来是不会说这些的。这些年来，只有在花生上学时，因为学校需要了解家庭情况，我才主动对陌生人提起过。

我认为这个经历并不需要我时常挂在嘴边，更不希望他人觉得我是在博取同情心。同时，我也不希望自己的经历让周围的气氛变得尴尬。

"不好意思，我确实没想到这个话题会触及你的伤心事，很抱歉！但是你真的让我在那一瞬间好感动，我心里一下子挺不舒服的。刚进门时，看到你这个小姑娘阳光明媚的，笑起来的样子很亲切，又看到你的手机壳是个调色盘，我猜想你是不是从事艺术方面的工作。我只是想了解下你的情况，希望你能理解阿姨的心情。我并没有任何恶意。我确实想象不到你这么乐观坚强，你的父母没有过来和你一起住，顺便帮帮你的忙吗？你一直自己带孩子吗？"

"没关系的，阿姨。您问的问题都很正常，我没提前说这些,就是不希望您对我有同情的看法,也担心您会反感这些事。我其实也可以选择不提及这些,但是觉得不应该隐瞒您。只是希望您别担心我的能力问题,我不会耽误房款的事情的。我爸爸还没有退休,他们周末偶尔也会帮我带孩子,不过孩子出生后主要是我自己抚养。孩子很听话没太让我操心,我已经习惯了兼顾工作和孩子。父母比较轻松,所以他们可以趁着还算年轻去旅游,看看外面的世界。"

"唉,你真的是个好姑娘啊!现在像你这样的姑娘不太多了。我是真心喜欢你,这是缘分啊!对了,我先生不是搞经济管理的嘛,他就对自媒体线上课程很感兴趣,说不定将来还要向你请教呢。"

人生的缘分很多时候真的让人解释不清,或许是一种眼缘,或许是我们的名字,或许是我们身上的一段故事,也或许是某个天气晴朗、心情愉悦的午后……然后缘分的魔法就这么发生了。但我更相信,是真诚和坦然的心让人与人之间多了一份难得的信任,从而激发了缘分的到来。

最让我意想不到的惊喜是,阿姨主动降低了房子的首付金额。她一直笑着祝福我，希望我未来能够过上幸福的新生活，和孩子平安顺意。我也如当初承诺的那样，尽全力办理好了所有手续和款项。

我记得去房产中心过户的那天，阿姨陪我在办事大厅忙活了一早上。我们互留了联系方式，分别时她还送了我一份礼物，并告诉我楼上楼下的邻居都是她的同事，她已经跟他们打过招呼了，如果我有困难或者需要帮忙，可以去找他们。

我想，这就是我和这套房子的缘分吧。它一直在等待我的出现，它知道我会把它改造成一个特别的家，让它成为与窗外美景相匹配的房子。

从拿到房产证到五月二十日开工这天，我用了将近三个月的时间去收集、整理装修成理想中的房子所需要的资料。家里的基础装修部分是由我的好朋友帮我完成的，房子最后的设计和装饰搭配，基本上都是我按照自己的想法慢慢实现的。

在过去的大半年时间里，我全程参与了一套房子从拆除到焕然一新的过程。虽然其间有些累，但我也感受到了满满的幸福。

房子完工后，我在社交平台上分享了一些照片，得到了许多网友的喜爱和赞许，这让我感到十分快乐。同时我也发现，我们每个人对家、对美的向往是如此相似。

在我心中，家的模样一直很清晰。有爱在，家便是承载爱的港湾，无论经过多少喧闹繁华的港口，看过多少绚丽灿烂的风景，爱永远会引领我回到这个温暖的港湾；爱若离去，家便是温暖人心的岛屿。在这里，我可以疗愈身心，暂避现实的苦闷。待阳光穿过云层照耀到岛上的一切时，万物复苏，春暖花开，一切又能重新出发，向阳而生，这就是家在我心里的样子。

要把意识里的这份情感变成一个实实在在的家，不是一件容易的事情。我可能无法精细地设计每个插座、下水和地漏的位置，每一个柜子的摆放……这些需要更专业的设计师去精细地测量和考究。但是，整个家的装饰布局、房间色彩、功能性的呈现，我都会坚持自己的想法，并尽力地把它们实现出来。

在三室两厅的家中，我将阳光最充足的两个房间分别作为我和花生的卧室。阳光洒进卧室，不仅能让人感受到温暖的抚摩，还能为房间注入生命的能量。

剩下的一间房，我用作了自己的衣帽间。我没有像许多家庭那样单独留出一间书房，而是充分利用客厅到错层空间的所有墙面，打造了一排排书柜。

开放式的厨房和餐厅之间没有门的隔断，橱柜能一直从厨房延伸到餐厅里，从而有了更多的储物和收纳空间。

客厅是我们除了卧室外待得最久的地方。我们家人都没有看电视的习惯，因此并不需要电视墙和电视柜。这些公共空间都能节省出来，将客厅改造成一个沉浸式书房，是再好不过的选择了。

每个人的生活习惯、成长环境和对家的需求都各不相同。因此，在装修家的时候，我们应该更多地从自身的需求出发，适合自己才是最重要的。

家的大小并不是决定幸福与否的关键。如果我们具备创造幸福的能力，那么无论住在哪里、房子大小、楼层高低，都不会影响家赋予我们的幸福感。

很多人喜欢大卧室和大厨房，但在现实生活里，有多少夫妻能够真正享受在大卧室里相拥而眠、同床共枕的时光呢？偌大宽敞的厨房里，所有厨具和电器都是精美又科技化的，然而又有多少人能坚持每日都精心准备三餐呢？

卧室和厨房是最能让人感受到生活气息的地方。

一个干净、温馨、整洁的卧室里面有一张舒适的床和一床柔软的被子，和煦的阳光透过窗户，穿过一层纱帘，轻轻抚摩床榻，并将余温洒在卧室的地板上，这一切的美好都是为了迎接房间里相爱的两个人。从相识到多年后的长久相伴，身体的依偎能让彼此感受到陪伴和爱的力量。

厨房的意义是由人赋予的。我们精心准备食材，让它们和作料一起在手中的锅铲里来回舞动。炙热的火焰为食物加温，散发出令人难以忘怀的食物香气。我们会把这种味道叫作家的味道，它是一种深入人心的味道。无论厨房大小，都不会影响一个人想要用心为自己和家人准备餐食的心意。

当我们用这样的心态去看待家所能带来的意义时，怎么会设计不出一个真正意义上属于自己的房子呢？爱是无法用任何物质衡量的东西，它只能用心感受。

最后，我想和大家分享一个心得：生活美学，色彩为我的人生带来了美好。

这种美好可以追溯到我儿时喜欢画画的时期，那时色彩便已注入我的生命之中。

在我的成长过程中，色彩陪伴我在画纸上取得过骄傲的成绩，也在我人生低谷时给予我站起来重新开始的勇气。

它带给我的，不仅是五彩斑斓的颜料，更是我的一部分灵魂。

将色彩感知转化为生活美学，是一种能力，更是一种人生力量。我相信，我这一生都不会放弃这个引以为傲的能力，并永远珍惜。我会向阳而生，为我的生命和我爱的人增添我的色彩，无论是在顺境中还是逆境中。

在日常生活里，我习惯寻求美的平衡与享受。我认为这不仅能让自己感到愉悦和幸福，还能影响到他人。我希望大家都能学会用一双发现美的眼睛去感知这个世界的另一面，珍惜它并创造更多的美好。

我非常荣幸能有机会和大家分享我的生活美学理念，我会尽我所能将它更好地表达出来。尽管一篇文章可能无法完全改变大家的固有想法，但我希望可以告诉大家：其实你的生活还有另一扇窗，它只是被厚厚的窗帘遮挡起来了。现在，你已经找到它了，你只需要拉开窗帘，推开这扇窗，窗外的风景能给你带来不一样的人生体验。漫长的人生不就是一直在探索、体验的过程吗？

生活美学中最重要的一个部分是对色彩的运用。

当我将色彩融入这个家里时，我的脑海中就铺开了一张雪白的画纸。一直以来，我都特别喜欢在家里看到绿色。将绿色置于家居设计中，使它能够很好地融入整体风格，这其实并不是一件容易的事情。绿色能延伸出十几种不同的绿色，哪种绿色适合家里的哪个位置，这需要一定的审美和色彩搭配能力。

为什么我会这么倾向于家里有绿色呢？因为绿色代表着生命力，是能让人充满希望和力量的色彩。我希望有我、有花生的这个家，能永远充满力量。

大到家具小到装饰画、床品、拖鞋，甚至是花瓶和餐盘等日常用品，我都会根据色系的统一和色彩的美感去搭配。

比如卧室里的窗帘，我非常明确地知道自己需要白色的，

中午的阳光隔着玻璃
慢慢地随着轻微摇摆的车厢
爬上了他们的银发、脸颊，直至胸口。

落地窗外，
一棵常年茂盛的大樟树在风中摇曳，
它带来了生命的希望。

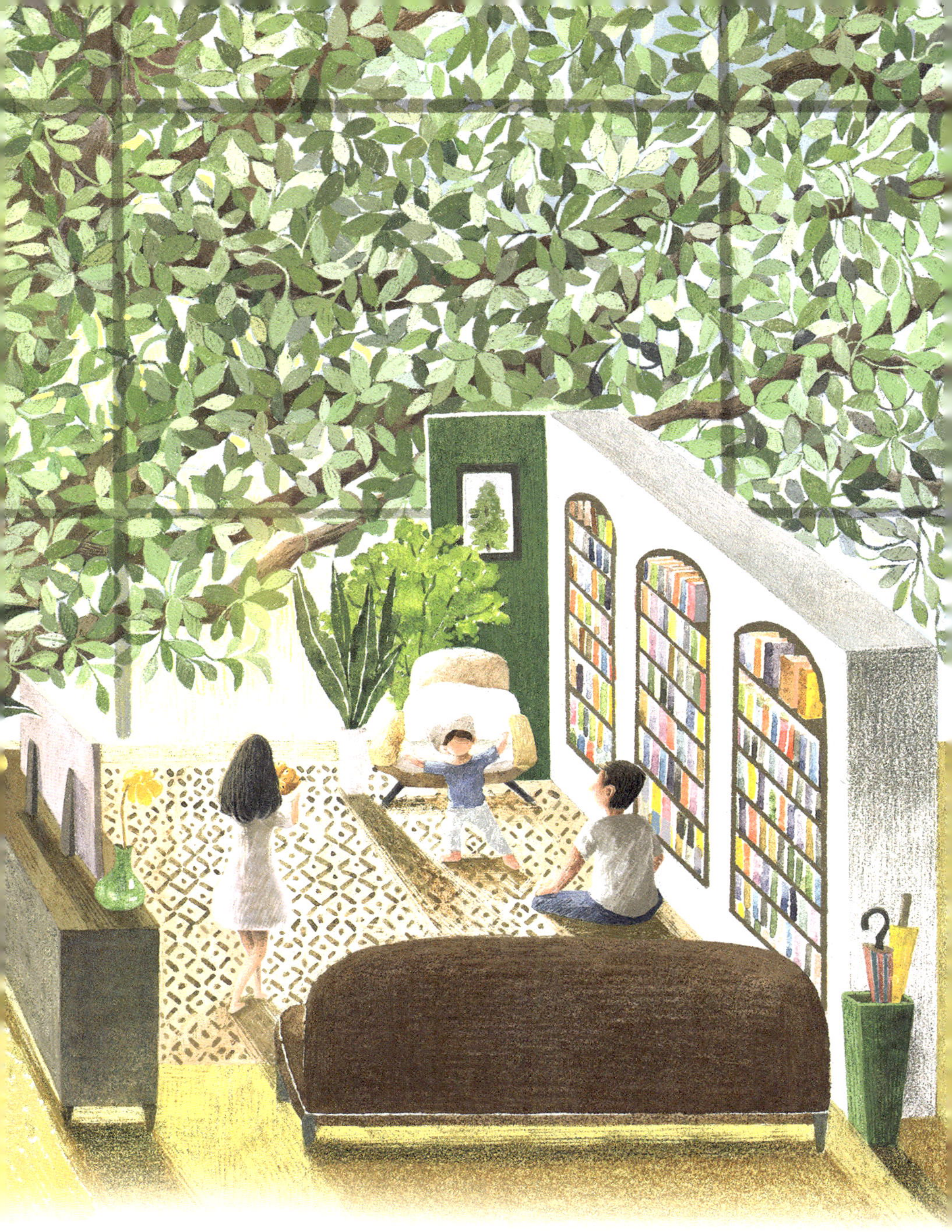

其实比起失去本身，
想要去拥有新的开始，
才是真正需要勇气的一件事。

因此只需选择一款有超强遮光效果的白色窗帘即可。再比如，我想在家里挂上装饰画，既然家中的主题色系已经确定，那么我只会选择与家中氛围相符或与色系统一的作品，而不会突兀地出现一种不协调的色彩，破坏整体的美感平衡。

长年累月地在生活中搭配色彩的习惯，让我对色彩的美有了自己的品味。我并不觉得这是一种负担，反而认为这是生活给予我的提升自我的机会。

正如我们所有人都有爱美之心，都会被美好的事物吸引，我更愿意成为一个创造美的人，取悦自己的同时，也能让他人得到一种视觉享受。美感并非天赋，它是生活的选择，也是成长环境使然。

关于一个家，有太多值得分享的地方。我不知道将来是否会再次搬家或装饰另一套房子，但只要是我认定的事情，我都会用最大的热情去全心全意地热爱它们。

爱生活就是爱它带给我的全部模样，用我的方式去美化自己的生活，从而书写不一样的人生。

时间过得真快，我回想起自己第一天走进这个家的情景，当时的我站在客厅对着那棵大樟树的幻想，在一年后的今天已经实现。

  不仅如此,这个新家也给我带来了生命的第二次启程,从此我和花生终于不再孤单。我们的人生里也住进了一棵大樟树,他为我们遮风挡雨,让这个家增添了一份久违的陪伴与温暖。

奶奶的毛线团

织毛线的机器可以在一个小时里织出上千件衣服，
它们有绚烂的色彩和绝妙的工艺，
但奶奶织的毛衣却永远只有她才能完成，
因为她的爱是无法被替代的。

"你学这个干吗，这种没什么用处的本领不用学，你好好读书就行了。不要像奶奶这样，没读过书，一辈子没文化，只会做这些缝缝补补的事情。"奶奶坐在暖炉旁对我说。

橙红色的暖炉光温柔地映在奶奶的脸上，她那副歪歪斜斜的老花镜在她的鼻梁上耷拉着。奶奶一边用灵活的双手带动着毛线在两根木针上来回穿梭，一边说着听起来有些自嘲的话。她应该是满脸的无奈和遗憾才对，可是她脸上的神情却是幸福又满足，我觉得那是一种只有在老人的脸上才会有的淡然的浅笑。

"这怎么会是没用处的本领呢，奶奶，你这就叫思想跟不上潮流了。我们学校现在都流行织围巾，有的女生织得可好了，围巾和商店里卖的一样，有各种图案，还是立体的。"我目不转睛地看着奶奶的手，她的手太灵活了，就像两台不知疲倦的机器一样，高效地分工合作着。

"现在的大学生们怎么开始喜欢这些了？"

"对啊，我们楼栋里还有女生专门教大家织毛线，我去看了几次，她织的完全没法跟你的比，所以我要跟你学。我只想织一条围巾。"

"围巾太简单了，你如果真的想学，奶奶教你织手套吧。"

"真的吗？我是完全不会的那种人啊，奶奶你确定教得会我吗？"

"这么简单的东西，你一个大学生肯定能学会的。放心吧，我心里有数。"

"哎呀，我突然好激动，走吧，我们去买毛线吧！"

"不去商店，你在我衣柜最下面的那个抽屉里找找，我有很多毛线团。"

我拉开了奶奶装毛线团的抽屉，一股樟脑丸和花香洗衣粉相混杂的味道从里面传了出来，只见抽屉里有几捆还没有拆封的崭新的毛线团，但更多的是大大小小、零散的绕成球的毛线团。

奶奶说这些都是她以前织东西剩下的，有些线团都放了十几二十年了。她几乎能说出每个线团的由来，有的是给我爷爷织东西剩下的，有的是给我爸和我姑织东西剩下的。

我不可置信地拿起这些古董线团看了又看，发现其中一捆线团的颜色特别熟悉。我问奶奶："这是织什么衣服留下的？"

奶奶告诉我，这是在我小时候她给我织一套毛衣、毛裤时用的线。当时她买了很多羊毛线，因为那年的冬天特别冷，她想织得厚实点儿，这样我穿起来更暖和。结果她织完了整整两套衣服，还剩下了这最后一捆线，没舍得扔就一直存下来了。

我记起来了，原来就是那件橄榄绿的毛衣，其实我小时候很不喜欢它，觉得那个绿色脏脏的，一点儿也不好看。但是爸爸、妈妈总让我穿，即使我穿脏了他们也能再拿出另一件同色的衣服替换。

别人家的小女孩都穿白色和红色的毛衣，毛衣上面还会有小兔子的图案,可是我的毛衣永远是简简单单的套头款、纽扣款,唯一的区别可能就是口袋的位置和数量在不停地有规律地变化着。

"奶奶,我发现你真的好喜欢织毛线,怎么会有人把一整个大抽屉全部用来放毛线团呢,还是这种二十多年前的老古董。你舍不得扔,留着它们干吗用呢?"

奶奶笑着没有回我,只见她把手里的活儿停了下来,然后把脚边篓子里的毛线团理了理,嘴里说着:"应该差不多够了。"接着她又把耷拉在鼻梁上的眼镜往上推了下,将自己已经织好的那部分凑到眼前看了好一会儿,再平铺在自己的大腿上,轻轻地拉扯着边角,小心翼翼地检查着刚刚织完的地方有没有不平整或漏针的。

显然不会有,因为她织得太多太熟练了,这么认真的她不会出这样的错误,可她还是习惯性地检查着这一切。

"奶奶,要我给你开客厅的灯吗?你会不会看不清,你这是给谁织的?"

"不用开,浪费电,我看得见,这不还有暖炉的光吗。这是我给你爸织的一条毛裤,他腰不好,我给他织的裤子能护住他的腰。之前给你爷爷织了一条,我再给你爸也织一条。"

"爸爸好幸福,这个年纪了还能穿上妈妈给他织的毛裤。"

"他确实幸福,你姑姑和你大伯都没他幸福。"

"因为奶奶你很偏心啊。"

"他幸福是因为他有你,我才没有偏心。你姑姑是个火炉体质,在大冬天都不穿秋裤的人,怎么会需要毛裤,你大伯的身体比你爸爸的好,他也没怎么穿过毛裤。"

"奶奶你就是偏心,别找理由了。你偏爱爸爸,所以也偏爱我一些,对不对?我就知道,你表现得太明显了。"奶奶笑着说我的嘴巴又皮又甜。

"奶奶你找爸爸量过尺寸吗?我发现你都没有对着一个尺寸表,就是上面写着长度、脚围、腰围那些数据的表。"

"要那些干吗,织了一辈子毛线了,你们每个人的尺寸我都记得,可能腰围我要再给他织大一些,他现在胖了,后期我注意点儿这个地方就行了。"

对啊,我怎么没想到呢,奶奶给大家织过太多衣物了,她心里有一个表格,条理清晰地记录着每个人的数据,她不需要写下来就能做到"私人定制"。

"你爸爸的腰越来越不好了,他就是年轻的时候没有保护好,开车久了坐狠了,现在又得了糖尿病。唉,他不能受凉、受冻,要注意保养好自己的身体,不然等他老了连我的身体都赶不上。"

每次提到爸爸,奶奶总是会说得特别多,奶奶偏爱爸爸这件事家里人都知道。从爸爸儿时起,奶奶接近于溺爱的过分偏爱让爸爸到现在依旧是个脾气执拗的人。他年轻的时候一定没少让爷爷、奶奶操心,但爸爸对奶奶的爱也是最深厚的。直到现在奶奶还在时常念叨着爸爸,还在为他织毛裤。每次我们来看望他们时,奶奶都会做爸爸爱吃的菜。

奶奶爱一个人的表现就是会执着地重复做同一件事,其中当然也包括不厌其烦地唠叨。

奶奶认真地翻看着自己织的毛裤,检查有没有纰漏,好像如果她织错了什么地方,这条毛裤就不会暖和一样。

"我给你织的那两件绿色毛衣就是两个尺寸,这样你能穿两三个冬天,那件衣服用的料多所以很暖和。"

"我小时候不喜欢那件毛衣呢,因为我不喜欢那个颜色,也不喜欢光秃秃的什么花纹都没有的毛衣。大妈给姐姐织的毛衣就很漂亮,用了五颜六色的线,上面有各式各样的图案。"

"你现在是好东西见多了眼光高了,你小时候可喜欢了,天天穿都不愿意脱下来。你就是喜欢。"奶奶坚定地说着。

"你说啥都行,反正我也不认识小时候的自己。但是现在不一样了,奶奶,我给你讲,现在这个绿色可洋气了。我给你看现在的毛衣款式,如果你能织出这个样式再用上这个绿色,我能穿出明星的感觉。"说着我拿出手机,把购物平台里的图片给奶奶看。

"这是什么乱七八糟的风格,松松垮垮的,又露肩膀,脖子全在外面,冻到了要得颈椎病的。还有这个,袖子这么长,手怎么伸出来做事,洗个菜不得全部打湿了。"奶奶几乎是以一种不可思议的语气在批评着这些衣服。

"我的奶奶呀,穿这种衣服的人哪里是要去洗碗的,而且脖子露得多就会显得长,多好看。"

"一个人的脖子短,露一下就长了吗?别瞎说。"

奶奶说完,我和她都笑了。我突然想起来之前有一次来看她，穿了一条破洞牛仔裤，奶奶看到后没说什么。在我准备走的时候，她突然叫住我塞给了我200元钱，叫我别太节省了，裤子破了就买条新的穿，不要穿破裤子出门。我哭笑不得地跟她解释了好久，说这是一种潮流，是我们年轻人的穿衣风格。

奶奶被逗乐了，说搞不懂现在的社会了，好好的裤子为什么要弄破它呢，但她还是嘱咐我别穿破裤子，关节露在外面老了会生病的。

"你要是真喜欢那件毛衣，就把图片给我打印一份。我看了下，针法很简单，织起来没什么难度，就是这奇形怪状的版型不好把握，我没织过这么难看的衣服。"

"哈哈，奶奶，我随口说说的，我喜欢可以自己去买的。"

说着说着，奶奶把给爸爸织的毛裤收了起来，然后让我把选好的毛线团拿出来，她要开始教我怎么织手套了。

就在那个傍晚，我和奶奶围坐在暖炉旁，她认认真真地从最简单的穿线开始教我。一开始我织得很慢，姿势也不对，所以没坐一会儿我就腰疼了。奶奶说我的手太紧张了，毛线都被我捏湿了，不放松一些，手关节就会特别累。

在看奶奶织的时候，我觉得这是一件特别简单的事，仿佛抬手、提一下、拉一拉、扯一扯这些线团，就能织成型了。直到我自己开始尝试才知道，织毛线并没有奶奶说得那么容易，而且太考验一个人的耐性了。

我很难想象奶奶是怎么不知疲倦地织完一件又一件衣服和鞋子的，她怎么可以这么有耐心呢，明明用钱就可以买到各式各样的漂亮毛衣。如果说以前是因为家里穷买不起，那现在的生活条件越来越好了，可奶奶的习惯仍旧不曾改变，她觉得能靠自己做的事情就绝不麻烦他人，能节约的钱也绝不会多花一分。每当大家说她活了大半辈子了还是这么想不开时，她就会强硬地反驳大家，不服气地为自己辩解，有时候她也会沉默不语，但无论怎么样，她都不曾改变自己。

奶奶教我织的是那种很简单的手套——大拇指和另外四个指头分开的。她还贴心地在我的手套里缝上了一个棉绒的内胆，说这样就不会漏风了。重庆的冬天湿冷，我戴上这副手套就不会冻指头。奶奶还教我用白色毛线在红色的手套上织了一只简笔画风格的梅花鹿。最后，奶奶还织了一根绳子巧妙地缝在了手套上，这样我可以把手套挂在衣领下，想玩手机或者拿东西的时候就不用担心它会掉了。

大三那年寒假，我在奶奶家学会了织毛线，我买了很多颜色的毛线织了很多条围巾。我还学会了织手套，织好一个就拿去给奶奶炫耀，奶奶夸我织得好看，然后嘱咐我没用完的毛线团别扔了。她觉得我买的毛线都特别漂亮，所以把它们都绕成团收捡起来，放进了她衣柜的大抽屉里。

一眨眼十年过去了，当初织毛线的热潮退去以后，我就再没有织过毛线了，可当年织的围巾和那副手套我一直珍藏着。

十年后，我结婚成家了，有一年冬天我去看望奶奶，正巧又碰到了她在织毛线。奶奶的背比十年前更驼了，她的眼镜还是喜欢耷拉在她的鼻梁上，她织毛衣的手虽苍老但很灵活，她没有再用暖炉了，因为家里安装了暖气，这样她就不需要再穿那么臃肿的厚棉袄了。

"小锦来了啊，肚子都这么大了，快来房间里坐下，这儿暖和些。"奶奶看到我时永远都是笑容满面地喊我。

她赶忙放下手中的毛线针，让我赶紧坐下，问我："想吃什么？奶奶给你做，我还有几根冬虫夏草，给你蒸到汽水肉里，你最喜欢吃了，好不好？"

"好的，奶奶，你做啥我都喜欢吃。你别着急做饭，我想陪你聊聊天，我现在还不饿。"

"好的，没问题，待会儿奶奶给你做好吃的，预产期快到了，对吧？我记得是十月下旬，就等着看是哪天了。"

"奶奶你记性真的太好了，完全不像快八十岁的人。"

我刚说完，奶奶似乎是想起什么来了，弯着腰小跑进卧室以后，打开了她的那个大衣柜，然后从抽屉里拿出了一件衣服，接着快步走到我面前，把一件小衣服展示给我看。

"小锦，你看看这个颜色你喜欢吗？我给你的孩子织了件衣服，这是我找隔壁蔡奶奶学的，她很会织毛衣，她织的毛衣都是那种时髦的新款，我就向她学了怎么织图案。她说这个带帽子有拉链的外套是现在最流行的样式，我学会了就给孩子织了一件，你看看你喜欢吗？"

奶奶很激动、很开心地说着，可就在她问我喜不喜欢时，我的鼻子突然一酸，眼眶就湿了。

我快八十岁的奶奶为了给我的孩子织这件毛衣，去找别人重新学习怎么织小朋友会喜欢的图案。这件小衣服是黑色和灰色的拼接款，衣服上的图案是一排颜色丰富、造型可爱的小汽车，衣服很厚实，帽子也很大，拉链的质量特别好，还有两个向上开口的大口袋。我很喜欢这件毛衣，因为它真的非常漂亮。

"奶奶你织得太好看了，我好喜欢，你怎么这么厉害，比商店里卖的衣服还要好看，还是你的风格，没有一个错针，没有任何不平整。"

"我把毛线洗过也晒了，还用熨斗烫平了，不过现在还穿不了，等他四五岁的时候应该就能穿了。奶奶不知道自己那个时候还在不在，就提前给孩子织件毛衣还可以留个念想。"

"哎呀，奶奶你别瞎说啊，又说这些丧气话，你身体这么好，你看看哪个八十岁的老太太还能织这样的毛衣，就凭你这个超级聪明的头脑，还有你灵活的手、明亮的眼睛，你还能陪我们二十年。"

"哈哈哈，吓死人了，那不活成老妖精了。"

奶奶告诉我她不仅织了这件毛衣，还正在织孩子一出生就能穿的线衣，她织了两套换洗，没有用绿色的线，而是换成了我喜欢的白色。

奶奶是真的爱我，会把我说过的话放进她的心里，很多时候奶奶的执念和倔脾气会不被他人理解，被说成是固执。可是奶奶却因为我而改变了，就像魔法能打败魔法一样，因为我知道，没有一个人会像我这样，对她一个老人家一边说着她喜欢听的玩笑话，一边又把她不爱听的话用另一种爱的语言讲了出来。

其实一直以来，奶奶爱的表达都是最质朴和最简单的，那就是我要对你好，我要用我的方式对你好，不管你喜不喜欢，我觉得你会喜欢所以我坚持。

或许她表达爱的方式会让他人觉得沉重，可是她没有错，她的心向来都是好的，我理解她。对于不擅长把爱用柔软的话讲出来的人，他们需要的是另一个柔软的人融化她的坚硬。

奶奶并不是舍不得花钱买毛衣，她给我们织毛衣，从爷爷到爸爸到我再到我的孩子,她织了四代人的衣物,她把她的爱延续给了我们整个家。我小时候她织给我的毛衣,我会留给弟弟妹妹穿,然后我的孩子穿过的衣服又会留给弟弟妹妹的孩子,就这样一代一代地传承下去,这些是奶奶最想看到的事,因为这会让她觉得自己是被认可、被需要的,会让她产生满满的幸福感。

我相信不只有我的奶奶会这样,在我们中国有成千上万个家庭中的爷爷、奶奶都会这样,他们用自己的方式爱着他们所珍惜的人。他们可能跟不上这个时代的快节奏,可依然希望自己坚持的信念在这个时代里得到认可。

时代变化的脚步似乎从不等人的觉醒,唯有不变的东西能一直存在于任何时代,并且不被替代。尽管科技如此发达,织毛线的机器可以在一个小时里织出上千件衣服,它们有绚烂的色彩和绝妙的工艺,但奶奶织的毛衣却永远只有她才能完成,因为她的爱是无法被替代的。

我走进奶奶的房里打开了她的衣柜,拉开了那个熟悉的抽屉,还是那股熟悉的樟脑丸和花香洗衣粉相混杂的味道,抽屉里的毛线团越来越多了，我蹲下身子摸着它们，想到了十年前的那个寒假奶奶教我织手套的场景。

"快起来啊，我的宝贝，都孕晚期了不要这样蹲着。"

"奶奶，你还记得你教过我织手套吗？"

"怎么会忘记呢，你织的红色手套，对不对，你看当初没用完的线团我还留着呢。" 奶奶又弯下腰去找她的毛线团了，我知道她一定留着。

她怎么会舍得扔掉呢，她才不会。

慰藉自己的人

放下从来不是过去的结束,
拿起也并不意味着幸福的开始。
放下的不过是过去的自己,
拿起的也是从头开始的自己。
如果不曾在放下中反省和领悟,
那么苦与悲永远不会结束,
自然也没有什么新的开始。

阿兰·德波顿在《哲学的慰藉》中讲过这样一个古希腊时期的故事，我印象非常深刻，想分享给大家。

那是在卡利古拉登上王位之时，罗马城里有一位母亲，她失去了自己还不到二十五岁的儿子美蒂琉斯。美蒂琉斯是个有志青年，只可惜英年早逝，因此他的母亲停止了一切社交活动，沉浸在哀痛之中，终日以泪洗面痛不欲生。她的朋友们看到她这样既心疼，又希望她能早日恢复常态，从哀痛中走出来。可是，一年、两年、三年过去了，她丝毫没有节哀的迹象。三年后她还是和当初在儿子葬礼上一样，以泪洗面。塞内加听闻此事后给她写了一封信。

塞内加是什么人呢？他是古罗马时期的思想家、戏剧家、雄辩家，是我很喜欢的一位哲学大师。他曾说过一句话："何必为部分生活而哭泣，君不见全部人生都催人泪下。"看似悲情的一句话，我却从中读出了这句话背后的人生观，那就是：人生实苦，坚强活着。

那么这位大哲学家给这位母亲的信中说了什么呢？他首先表达了自己深切的同情，然后委婉地说道："我们对问题有不同的看法，就是悲痛是否应该这样深而无止境。"塞内加认为：死亡的确不寻常而且可怕，但是并非不正常，因为人们从不在恶事真正出现之前就有所预料。我们参加过那么多葬礼，却鲜少有人真正会认真思考死亡。历史上那么多夭折的事情发生，也很少有人会对自己的婴儿做长远打算，都觉得一个孩子如果能活下来就一定会长到成年或是永远活着。但其实没有人能对一个人的生死做任何保证，甚至没有人能给今夜或是下一个钟头打包票。

《塞内加预想录》写道：

吾等生存其中，而周围事物皆必有一死。

汝生而终有一死，汝所生者亦终有一死。

一切都应在考虑之内，一切都应在预料之中。

塞内加认为人的生死就是命运之神所为，人生无常，我们不必盲目乐观，应该学着接受无常，甚至有点儿悲观。

我其实很认同这个观念，世界本就不是那么完美，我们悲观地看待它，并不影响我们乐观地活着。正因为对事情的发展有所预料，所以当真正的灾难到来时，我们就不会茫然无措，而是学着怎么乐观面对。

当不幸降临，大部分人或许更喜欢听到他人的安慰：会过去的，会好起来的，生活会如愿的。塞内加却觉得这样的行为是危险的，他劝告世人：

"如果你想消除一切担心，那么请设想你所害怕的一切都会发生。"

"我从来没有信任过命运女神，即使在她似乎愿意和平相处之时也没有。我把她所赐予我的一切——金钱、官位、权势——都搁置在一个地方，可以让她随时拿回去而不干扰我。我同那些东西之间保持很宽的距离，这样，她只是把它们取走，而不是从我身上强行剥走。"

当我第一次在《哲学的慰藉》里看到这个故事，以及塞内加说的这些话时，我的眼泪奔涌而出。我无数次地来回翻阅，并摘抄到了我的笔记本里，我的心就在那一刻得到了慰藉。

我前半段人生所遭遇的那段死亡与分别，并不是在我看到书之后发生的，而是在此之前，当我正经历丧夫之痛的时候，我选择了一条我认为对的道路去坚定地前行。我以为我是孤独的，我甚至不知道那条路的结果会不会是我理想中的，可是冥冥之中我还是走下去了。

直到遇见了阿兰·德波顿，遇见了塞内加，遇到了哲学，在书籍的海洋中，我与智者和圣贤有了一场时空的对话。我惊叹曾有一位如此伟大的哲学家，他在另一个时空给予了我肯定。这份慰藉所给予的力量只有经历过的人才懂，它胜过任何人的千言万语，这就是那个穿越时空人潮，并紧紧地拥抱了自己的人。

我也非常感谢阿兰·德波顿这位天才作家，他的《艺术的慰藉》《身份的焦虑》以及《哲学的慰藉》是我爱不释手的书，他通过艺术、生活、爱情为我推开了哲学的大门。或许并不是每个人都会喜欢艺术或者哲学，但是我想说，无论我们喜不喜欢，都永远不要拒绝书籍。我们在人生的每个时期所看过的书都像是一种魔力的牵引，它就像先知一样给我们引路。如果你拒绝书籍，那么这份精神的力量你必然缺失。

合上这本书的时候我想，如果第一次读《哲学的慰藉》是在四年前港大医院的病房里，我会不会有现在的心境去领悟其中的真谛呢？

我很难假想出来，我记得从武汉打包行李决定去深圳时，除了日常衣物，我还带上了颜料和手绘本，也带上了几本书。在那些不用在医院陪护的时间里，我就会在出租屋里画画，画的是去台湾旅游那会儿的手账。画面里都是温馨又美好的色彩，我全情地投入其中，真的忘记了死神就徘徊在病房的上空。在每次提笔润色间，我也忘记了所处的环境，我感觉自己就在武汉家中的书桌前，我的脑海里全是那年台湾之行的点滴。我心里想的是每一页的构图和用色，我还能不能画得更好看些，夜里画完我回头看到床上熟睡的花生，心中不免泛起了一丝幸福。

很庆幸自己把他一起带到深圳，我们还能彼此陪伴，但这样的时光很短暂，毕竟大部分时间我必须去医院，直到后期陪护的时间从早出晚归变成了长期的睡陪护床，我就再也没法动笔画画了。

慢慢地，再有空闲的时候，我就改成了看书，在医院里看书的人真的不多，病房里更多的是家属之间聊不完的关于生、死、病的话题，再或是一群癌症病人在交流如何养生，但更多的是来来往往的亲友和进进出出的病人，是他们构成了生门和死门，是他们在我面前上演着最真实的人间百态。

至于我为什么看书，除了是一种习惯，我想更多的是我害怕与人交流，我不想回答旁人的疑问，也不想说那些空洞的安慰话语。我见过前一天还在对我打招呼说自己今天状态不错的叔叔，第二天就死不瞑目地被推去了太平间；我也见过一周只来看一眼病床上父亲的女儿；更目睹了丈夫死后，最后一个到病房却面无表情地询问火化后是不是就可以分配遗产的妻子……

我不知道和不相识的陌生人在这栋癌症大楼里要去谈论些什么，生死如果能在我们的相互鼓舞中得以改变结局，我愿意从早讲到晚，从盘古开天辟地讲到宇宙尽头，比起抱团取暖，我想我更愿意花时间去想想未来的人生路自己该如何面对。

我当时一直在看的两本书，一本是李辛写的《儿童健康讲记》，另一本是鲁道夫·德雷克斯写的《孩子：挑战》。这两本书都是讲孩子身心健康发展的，一个是从中医学的角度，另一个是从生活哲学的层面切入。我看得很入迷，也很认真，书里贴满了我的笔记和便笺。看到入迷处，我还会和小忽一起讨论，虽然我知道书里提到的很多对孩子未来的培养与建议他已经没办法参与了，但我还是绘声绘色地给他说，他也会认真地听，偶尔也说说自己的想法，但更多时候话到嘴边，他又收回去了，然后他不再多说什么，只是静静地看着我听我说。

健康又快乐的孩子是生的力量与希望，在这样一个充满了死与痛的地方，我认真地翻阅着关于生的书籍。我的脑子里想的更多的是未来的人生，我能给予孩子怎样的陪伴与照顾，成为单亲妈妈的那天迟早会来，我如果能更坚强一些，或许就能更好地胜任这个新身份。我想当初我会选择拿起这两本书，一定是上天的安排，他给了我信号，而我正好接受了他的指引。

这些事和我心里的这些想法，这么多年我都没跟他人提过，毕竟旁人无法理解为什么我爱人的生命都要走向末期了，而我还能画画和看书，我不想去解释，只想用我的方式乐观地活着，给他力量，也给自己慰藉。那段在黑暗夹缝中找到光的日子我终生难忘，在写下这段回忆的今天，我再也没有什么害怕可言了。

人在害怕和无助的时候就会渴望被理解、被保护，可如果支撑自己走下去的力量永远都靠外界给予，就注定将会踏上一座未知前路的桥。

没有方向，也没有目的，你以为你在走，但其实你并不知道要去哪里，你以为桥会一直在，但你忘了这座桥本是一场虚幻，它既成形于他人的口舌之中，也终有一天会毁于他人的口舌之中。唯有自己坚定、勇敢，前方的路哪怕风雪交加、电闪雷鸣，也总会有雨过天晴、在山峦之巅看到曙光的那天。

我觉得这应该是一种人的本能，只是很多时候我们低估了自己，比起独立，能有人依赖当然更容易，可仔细想想，从古至今任何一个优秀的人身上一定少不了的一个特性就是独立。独立的人格是后天养成的，是磨砺造就的，也是生活馈赠的。

比起男性，我认为作为一名女性，更应该尽早地学会独立。思想的独立，让我们能通过思考为自己人生的选择做出更好的判断；经济的独立，让我们能感受到真正的安全感其实是靠自己的双手创造而来的；而情感的独立，能让我们散发出更有魅力的吸引力，同时也能更有勇气去选择过我们觉得舒适的人生。

去直面人生的苦与悲，并在其中找到慰藉自己的方法，从依赖走向独立是自己人生中的一段时光，而不是说出这句话所花费的短暂的几秒钟，没有勇气和毅力，没有坚定的心，是到不了想要的远方的，不愿放下的人，其实也从来不懂得拿起意味着什么。

放下从来不是过去的结束，拿起也并不意味着幸福的开始。

人如果都能这样简单，又怎么会有世间存在呢，这世间最复杂的就是人性，放下的不过是过去的自己，拿起的也是从头开始的自己。如果不曾在放下中反省和领悟，那么苦与悲永远不会结束，自然也没有什么新的开始。

有网友给我留言，希望我就自己的经历而言，为女性朋友们写一些成长的文章，我思前想后觉得自己何德何能能提笔写下这么重要的文字。一个人想要真正地成长，哪里是看过一两篇文章就能做到的呢。但我觉得如果你有时间，请一定去认真地拜读这世上的各类经典名著，圣人们会在时空的长河里给予你帮助与指引，剩下的就是好好地过自己的人生。

有很多人看过很多书，可依旧过不好这一生，难道是书错了吗？我想可能更多的是因为他只是看了书，并没有真的去生活过。

至于我，我能做的不过是让你知道在同一个时空下，你的身边有这么一个人，她用自己的故事和她的方式陪伴过你、慰藉过你，给过你她的光和温暖，我能做到的仅此而已。

我也还在成长中，每个身份都在成长，随着时间的流逝，我对生活变得越来越充满期待，我想尽力体验其中，看看这个世界更多的面貌。但愿我们都能更加珍惜生命、爱惜自己，但愿我们都能如愿一生，不负今日。

时光荏苒，岁月如梭，来不及悲伤太久，也来不及怨恨太长，曲终人散谢幕时，别留遗憾给来生就好。

孩子你慢点儿长大

亲爱的孩子，你慢点儿长大，
这个世界还有很多美好等着你去开启。
亲爱的孩子，你慢点儿长大，
做爸爸、妈妈的我们，还想多陪陪你。

想起前阵子和朋友们一起带孩子去郊游，我见到了快四年没见的英子，还有老张。我和老张认识有十来年了，那时的他长得高，人也帅，看起来腼腆，但其实很会说话，也很受女生喜欢。只有跟他认识很久的朋友才知道，他是典型的射手座：风一样的男子，很贪玩，也不是那么有定性。直到他遇见英子后，告诉我们他要结婚了，我们都感到吃惊，能让这个浪子收心的女孩是谁，见面后发现她是个清瘦的个子高高的女孩。她比老张小好几岁，性格很温和，笑起来很好看。

　　后来，我去了深圳，大家见面的机会越来越少，2018年年底我们在深圳见过一面。我问老张，英子是不是快生了。他告诉我，是的，他们一切都好，全家人都在期待这个小生命的降临。临别前我们约好回武汉后再一起带着孩子出去聚会。只是不承想，几个月后我们的再次见面是在葬礼上，那时大家心中都感慨万千，人生是多么无常。

半年后，在一次和朋友聊天时听她无意间说到，英子生了个男孩，但是孩子身体有点儿问题，具体什么病也说不清，反正老张他们过得不太容易，压力很大。他们给孩子取的小名叫小草。

这次的郊游其实是老张组织的，我知道后马上带花生一起参加了，上次一别后，我们快四年没见了。这次再见时老张黑了好多，人也壮实了不少，以前不留胡子的他，现在满脸胡楂，再没有当年少年感十足的模样了。如今的他沉稳不少，脸上写满了中年人的疲惫与无奈。

尽管如此，他眼里依旧有光，他身旁的英子俨然已经不是我记忆里那副青春少女的俏皮模样了，她打扮得简单朴素，没有任何妆容的脸上依旧流露出暖暖的笑容。女人有孩子后，脸上或多或少都带着些疲惫感，她也不例外。我们亲切地打了招呼，我看到了她身旁的小草。这应该是我第一次见小草，他长得特别结实，很可爱、很机灵，虽然还不是那么能说会道，但是笑起来和英子一样，特别讨人喜欢。

肉眼看过去，我并没有察觉到小草和其他孩子有什么不同，反而在我眼里，他格外可爱。我观察到，当他看到老张开始搭帐篷时，他会赶紧歪歪扭扭地走到老张身旁，然后在他旁边的工具袋里翻找着什么。不一会儿，他拿到了想要的东西，嘴里说着："爸爸给你，是用这个固定住，对吗？"老张笑着点头，并谢谢他。

小草动作熟练，清晰地知道老张需要用什么工具，足以证明他看过无数次老张搭帐篷，也经常帮老张一起做。他知道爸爸一弯腰撑开帐篷时会用到什么工具，于是赶紧给爸爸递过去，想和爸爸一起参与其中。他真是个特别聪明也特别懂事的孩子。

比起其他一来到营地就去放风筝、扔石子、挖沙子的小朋友，小草似乎更喜欢和英子待在一起。他应该也想和大家一起玩，但他更希望英子能陪他一起去。我想小草平时应该没有很多和其他小朋友一起玩的机会，他大多数时间应该是和英子在一起，所以他会更依赖妈妈。可小朋友的天性就是想和同龄人一起玩，小草看着他们越跑越远，抬头看着英子，眼里满是渴望,也满是请求。此时英子放下手里的活儿,笑着牵起小草的手,带着他跟了过去。

搭好帐篷的老张坐到我身边,我们闲聊了下彼此的近况,我还是忍不住问老张:"小草的病现在怎么样了?"

他低头擦着手上刚刚搭帐篷留下的泥土,然后回我:"上周去复查了,还是那样吧,继续吃药控制着。小草已经很努力了,不知道将来能不能上学。"

我没有继续追问病情,宽慰道:"你别灰心,医疗水平是在逐步提升的,说不定过几年就有特效药,或是有更好的治疗方案。你可是他俩的支柱,你要给他们信念和依靠,我相信你肯定可以的。"

"那几年你过得很累吧,去深圳看你们的时候,就觉得你很不容易。但是当时怕说这些你会哭,所以我和英子不想安慰你。不过今天看到你,真心为你开心,你和花生都要好好的!"老张用很温柔的声音说着,他是真心为我好。我想他说这些话也是在给自己打气,我能坚强面对,他也一定能渡过这道难关。

这时，老张看到英子带着小草远远地往这边走了过来，马上起身去生炉子的火。

我问英子："怎么不多玩会儿？"

她回我："因为要提前给小草准备吃的了，他的每餐食物都需要单独做。"

"这些年你都是这么准备的吗？真的太辛苦了。"

"嗯，是的，所以我没去上班。小草现在太小，需要有个人时时照顾他。老张现在做户外这块儿，我就带着小草跟他一起，顺便也能帮帮忙。"

"小草肯定很乖，他很懂事，长得也好，吃饭肯定好。"

"嗯，他很乖，经常跟着我们在外面露营，比起关在家里，他更喜欢这样。我每次出门前，会提前在家准备好食物，到了营地生炉子热一下就行了。我们还准备了一个大冰柜，里面有新鲜的肉和牛奶，有时候会遇到在外面住两三天的情况，只要营地有插电的地方，这些食材足够我们一家人吃的了。小草不能吃外卖，所以每顿饭都是我给他做。"

花生是我一个人带大的，这些小孩子的日常起居到一日三餐我都经历过，我知道其中的累和苦。虽然我是一个人，但起码花生身体健康，饮食也没有忌口，或者需要我格外注意的问题。我能想象到在照顾小草时，英子得花多少心力和时间，她的辛苦和我相比有过之而无不及，所以我心疼她，也理解她。

我知道她需要的不是别人的同情和安慰，需要的只是被理解。她一定也有很多迷茫和无助的时候，可是生活没有给她更多的时间可以停下来去思考，她只是本能地做着自己该做的事，用她乐观的心态和对未来的希望，给小草创造着他能触手可得的幸福。

我给大伙儿煮了一锅鸡汤，英子在小锅里翻炒着小草的食物，不一会儿她慢慢地把食物盛进小草的碗里，看着小草大口大口地吃着饭，她说："只要小草开心就好，别的我都不强求，等他慢慢再大一些，一定会越来越好的。"

"一定会的，小草一定会没事的，你要相信这个世界上不仅有很多惊喜，也有很多奇迹，所以我们都要有信念也要怀抱希望。"

"小锦，我跟你说，很多事只能听天由命了，我和老张已经尽了最大的努力。如果可以，我们愿意把自己的肝脏换给小草，只希望他能健康长大，少受一些苦。"

后来英子慢慢地打开了话匣子，她对我说："小草的病出生后就有了，这个病的医学名词叫胆道闭锁。可明明在我的整个孕期检查中，一切指标都正常，谁能想到最后会发生这样的事情。小草在出生五十多天的时候就做了第一次手术，那天我们全家人在手术室外等着，时间过得格外慢，我的心每一秒都如刀割般。医生告诉我们这个病目前是无法治愈的，除了药物控制，再就是看孩子的造化了，要定期回医院复查，每天都要吃药……"

说到这儿，英子停了下来，她看了看正在吃饭的小草，又看了看不远处在沙地里玩耍的其他孩子。她还想说点儿什么，一时又不知道该从哪里继续说下去。或许在她的脑子里，已经把这两年的所有经历都回放了一遍，她没有哭，只是看着远方出神。

那一刻，我突然好难受，看着笑得那么开心的小草，他一直用甜甜的声音喊着"妈妈"。这个可爱的小生命从出生到现在，比其他孩子经历了更多的挫折与磨难。当那么小的他躺在手术台上时,除了无尽的害怕,根本就不能理解为什么自己会躺在那里,而不是妈妈的怀里,所以他只能哭,那时他肯定希望妈妈能快点儿带他离开那个房间。

当人得了无法治愈的疾病时,就像背着一枚定时炸弹,换作任何人都会害怕、会痛苦、会感到命运的不公。可当这枚炸弹安在了一个嗷嗷待哺的孩子身上时,那一刻任何词语都无语形容出心痛的感觉。孩子要承受着身体的疼痛慢慢长大,而大人则背负着心里的苦痛,一天天数着日子看他长大,这是何等的煎熬,又是何等的残忍。

命运给了我们生命的盲盒,看似随机,但又是命中注定。本是脆弱的人,却不得不坚强起来,去面对所有未知的前路。

我们大多数有孩子的家庭,每天的日常都琐碎、重复,伴随着疲乏和欢愉,我们对未来有无限的期望,也会为此不断地规划,总之都是为了孩子、为了家在努力地生活着。而那些被疾病、贫穷、苦痛,甚至被死亡裹挟的家庭,他们不仅有艰难的日常,还有我们无法想象的身心煎熬,他们不仅仅是在生活,更多的时候在想该怎么活着,因为只有活着才有希望，才有继续走下去的动力。

英子和老张都辞去了原来的工作，他们曾在路边摆过类似"深夜食堂"的路边摊，但一段时间下来，身体透支太大了。如果他们累垮了，小草将来的日子会过得更辛苦，几经思考后，老张决定去做户外项目，一方面疫情过后，户外野营成了大家很热衷的一项活动，另一方面他的时间能更宽裕些，这样便可以带着小草多接触大自然。这是他们能想到的既可以赚钱又可以照顾到小草的生活方式，我特别能理解他们的选择。

很多时候，作为父母的我们都希望多一点儿时间陪伴孩子，也希望能选择自己喜欢的工作。可现实从来不是让我们选择好或更好，而是让我们妥协，我们不得不在妥协后寻求新的出路。我们对生活要永远报以勇气和信念，因为只有这样才能找到适者生存的道路。

接受住命运考验的人往往会坚强地笑着，也会努力地活着，我觉得这就是人性最美的色彩，勾勒出一幅人生画卷：汗水、泪水化成了最动人的蓝；笑容、亲吻化成了最迷人的红；而希望与爱则化成了最温暖人心的黄。红、黄、蓝是绘画里最重要的三元素，又何尝不是人生里最动人的三元素呢。

小草的病是他和这个小家庭的不幸，可幸运的是，他们一家人没有失去生活的勇气，他们比任何人都珍惜在一起的时光。

可能有的人会觉得，幸好没生小孩，这样就不需要操这么多心了，也不会遇到这种超小概率的事情，更不需要把自己的人生过得这么累。

养育孩子绝不是一件轻松的事，但也不会是一件让人痛苦和绝望的事。当我们过于放大一件事的困难，就无法真正地体会到幸福的滋味，因为要经历过一些困难后才能感知到幸福，因而才会更加珍惜，太轻而易举获得的欢愉与享受，并不会激起人心底的珍惜感。

我一直坚信：我们的人生过得好与不好，绝不是任何一件事或者任何一个人可以去主导的。没有孩子的生活，只是代表你没有经历过有孩子的人生，并不代表你在事业、亲友、伴侣、家庭之中就会活得更轻松、更自在。而有孩子的生活，也只是说明你经历过有孩子的人生。无论哪种人生，经营的人始终只能是我们自己，而不是把所有的不好归咎于他人，觉得是他人给我们的生活带来了不幸和不安宁。

我们应该感恩所有的缘分与遇见，因为它们让我们在挫折中有了更快的成长。

我问英子在和小草一起相处的这些年里，有没有什么特别的经历是让她难忘的。她告诉我，在小草两岁那年的冬天，有一次她和老张带小草去露营，等他俩搭建好帐篷铺好床铺时，天空突然下起了雪，而且越下越大，老张见状赶紧把暖炉点燃挪进了帐篷里，炉子的烟管沿着帐篷的顶伸向了外面，燃起的烟和纷飞的大雪融合到了一起飘向天空。不一会儿，窗外被染成白色，帐篷里非常温暖，丝毫不觉凉意。透过帐篷小小的窗口，他们看到了别样的冬景。那天小草特别开心，或许那是他第一次见到大雪，兴奋地在床垫上手舞足蹈地跳跃着，有爸爸、妈妈在身边是那么幸福。这么有趣的经历或许就这一次，但也足够他们回忆一生。

帐篷外的山被大雪裹上了白鹅绒般的外衣，它看起来是那么柔软、舒适，山下的湖泊泛着青灰色的光芒，一片片雪花落在上面，仿佛一颗颗繁星汇入星河，青灰色的湖水变得更加透亮。或许一觉醒来，湖面上会凝结一层薄冰，那些被冰冻的繁星会久久地躺在这里不愿离去。这幅如梦如幻的雪景仿佛是为他们一家三口所幻化而出的，希望能在他们美好的回忆里增添一份奇妙的色彩，这份记忆是温馨、动人的，也是值得被记住的。

明天，还有明天的明天还未来到；昨天，以及昨天的昨天早已离去。可我们拥有今天，拥有了能继续创造幸福的今天，所以我们何其有幸！

我们永远无法改变历史，但我们或许能创造未来，唯一确定的是：我们能实实在在地拥有当下。既然如此，那就过好当下的每一天，把那些抱怨、仇恨、恶意都放下吧，去看看阳光下的色彩，做一个自带光芒又温暖的人。

我们的父母、伴侣、子女都有可能会在某一天离开我们，但既然爱让我们相遇，我们就应该好好地用爱去和他们相处，他们是今生与我们缘分最深的人，也是影响彼此最深的人，那就好好珍惜今生的缘分吧，因为来世不一定能再遇见了。

前不久英子告诉我，她把小草送去了幼儿园，小草很开心能有一个新的学习环境，老师们对他特别照顾，在生活上，特别是在饮食上格外关照他。虽然小草还要定期去医院检查，但是他小小的身体已经越来越强大了，他勇敢地与疾病做斗争。他现在比以前更快乐了，因为不仅有了朋友，也有了除爸爸、妈妈以外，更多喜爱他的人。

英子重新找了一份工作，虽然很辛苦很忙碌，但她觉得这样更有希望了。她没有想太多太远，当下的每一天对她而言都是弥足珍贵的，所以她只需过好眼下的每一天。

我除了祝福就是感动，英子的美好并不是她为孩子做出了多少牺牲，而是她从来不把生活的不容易怪罪于疾病、命运和不公平，她接受了一切并依旧积极乐观地生活着。她反而觉得正是因为有了小草，她才想要变成更强大的人。

慢慢长大的小草一定会在未来人生的某一天里，被一种叫作"幸福"的东西触动，他一定不会愤恨这个世界的不公平，也一定不会埋怨他的父母。他只是比别的孩子更早知道了什么是不完美，但是不完美并不影响他去感受这个世界。这种幸福的感觉，就是他的妈妈和爸爸能给他的最珍贵、最漫长的爱。

最后，我不禁想起刘瑜在《愿你慢慢长大》中写给女儿的话：

愿你有好运气，如果没有，愿你在不幸中学会慈悲。

愿你被很多人爱，如果没有，愿你在寂寞中学会宽容。

愿你一生一世每天都可以睡到自然醒。

我并不愿去歌颂和赞扬当了妈妈的女性有多么伟大和美好，我只是觉得，从女孩成长为女人是年龄的改变、身份的改变、经历的改变、人生的改变。但这些改变所带来的并不只是和过去告别，更重要的是我们遇见了未知的全新的自己。我们在经历一种人生的可能，对待任何一种人生的可能，不应该还没开始就拒绝和排斥，自己的亲身体验永远比无中生有的猜想和他人的臆断要真实。

无论结婚或者生子，都不是靠他人左右的，也没有人能为我们做出选择。我始终相信爱情，我愿意经营婚姻，也愿意养育孩子，我不会想提前知道选择的结果是什么，我接受一切未知。在这个过程中，对于我的每个身份，我会尽全力去做好。我不为向任何人证明，只是想好好地把这段人生之旅走完。我期待美好的未来，也接受发生一切好的、不好的事情。我努力让自己发光，而不是去渴求他人给我温暖。因为任何人都会离开，我们始终要学会做一个独立的个体，这样才能更好地去爱他人。

我希望我的孩子将来也能这样，能带给我新的人生感悟，也希望我能给予他新的人生启迪。

亲爱的孩子，你慢点儿长大，这个世界还有很多美好等着你去开启。

亲爱的孩子，你慢点儿长大，做爸爸、妈妈的我们，还想多陪陪你。

写给我的儿子

我们的家庭相对其他三口之家来说可能会特殊一些，
但妈妈希望，凡事你能多听从自己的心，
用你的眼睛去看，用你的头脑去判断与思考。

亲爱的花生：

今年是2023年，妈妈想给你写封信，记录下这特别的一年。希望不久的将来，在你的识字量变得越来越大，阅读理解能力也变得更好时，可以完整地看完这封信。我期待你的回信，更期待你与我像儿时一样亲切地面谈。我想你一定有很多话想对妈妈说。

今年九月你将成为一名小学生，妈妈第一次给你写信的时候你才两岁多，如今你已经是个将满七岁的小男孩了。时光如此美妙，在你我心中绽放着永恒的爱之花，花香四溢。妈妈回忆起这些时，总能感到既幸福又满足。

前几日我问你："花生，你知道幸福是什么吗？"

你回答我:"现在的每一天都很幸福,因为有爸爸、妈妈陪在身边。"

我于是又问道:"有了新爸爸,你还记得小忽爸爸吗?"

你依旧笑着回答我:"当然记得,我有两个爸爸,一个在天上爱着我,一个在身边陪伴着我,他们都很爱我,所以我比别的小朋友都要幸福。"

妈妈听到这些时,既吃惊又感动,你是那么懂事、那么重感情,这是你与生俱来的美好,但妈妈还是会担心,将来这些会不会成为最容易让你受伤的软肋。你可能还不懂什么是"多情总被无情扰",我不想改变你,只希望我和爸爸能陪伴你成长,能带给你更多人生的底气。你要一直保护好自己这颗真挚的心,但同时也要有能承受打击和失去的能力,当所有的软肋有坚定的爱做盔甲时,就变得不再可怕了。

为什么妈妈会对你说起这些呢?是因为爸爸担心你上小学后,接触的是和幼儿园完全不一样的环境,你要正式进入学校群体。爸爸比妈妈更加担心你的身心发展,他不仅是治病救人的医生,也是希望能治愈你身心的爸爸。

你知道吗,当爸爸在你的监护人"父亲"那一栏写下自己的名字时，他坚定了自己的内心，会全心全意地爱你。无论你和他有没有血缘关系，他都会待你如己出。妈妈没法在此刻写下你们未来的故事，但是已经发生的和正在经历的，我想你应该比妈妈更加深有感触吧！

花生，你应该懂得感恩上苍，他给予你的爱和让你所拥有的都是公平的，比起你所失去的，我想他更希望你能学会珍惜眼前所能拥有的一切。人这一生唯有出生是无法选择的，其他任何事、任何人从某种意义上来说都能再做选择，而你却有了不一样的选择权利。

当时间的车轮走过四年的光阴流转至此时，不仅仅是妈妈在变化，其实你也在变化，在爸爸走进你的生命中后，缺失父爱的你有了太多的改变，你的幸福从此有了更具体的形状。在你的心里，对幸福的定义不再是缺失的圆满和遗憾的美好，而是一种终于得到了满足的情感慰藉。

妈妈知道你当然记得小忽爸爸，可妈妈也知道那个离开你四年多的小忽爸爸，已经渐渐地退出了你的记忆。毕竟对当年只有两岁的你来说，记住一个人更多的是需要他能朝夕相伴，至少时常能见到，可这些你都无法拥有。尽管妈妈时常给你看小忽爸爸的照片和视频，也跟你说起我们曾经的故事，但你能记住的也只是照片里小忽爸爸的模样，关于和他一起的记忆，你已经不再记得了。

　　于你而言这是好事，你无须太过伤感，虽然你不记得和小忽爸爸之间的具体事情，但你知道他深深地爱着你，哪怕只是一直听妈妈说起。在这样潜移默化的影响下，你也能感受到爱的存在。可随着年龄的变化，你的情感需求发生着改变。你思恋爸爸，渴望能和别的小朋友一样坐在爸爸的肩头，希望能和爸爸一起去玩战斗游戏，或是更有力量的游戏。虽然你喜欢黏着妈妈，但我知道，你也渴望体会一家三口共同参与的快乐。

　　妈妈常说你是幸运的，也是幸福的，我不会让自己永远沉浸在失去的事物之中，我会乐观地看未来，我希望你也能这样去看待事物。老天爷并没有亏欠你什么，反而一直都在给予你无尽的偏爱。你有健康的身体，讨人喜欢的面容，聪明的小脑袋瓜，以及家人、朋友，甚至是很多陌生人的关爱。除此之外，他还安排了一位新爸爸走进你的人生，这一切都是你所拥有的，所以你一定要好好珍惜这一切。

你对这位新爸爸的喜爱并不是从看到我这封信才开始的，妈妈只是一个为你记录下生活的人。我想你这么喜欢他，最简单的理由就是他对你好，事实也确实如此。在你每次问他关于小忽爸爸生病的事情时，他不仅理解你的心情、安慰你的情绪，还会站在医生的视角，用理智又专业的方式让你明白，将来要怎么注意自己的身体，要懂得怎么去保护和爱惜自己的身体。

他从来不会阻止你提起小忽爸爸，因为他很尊重你，也很心疼你。他告诉妈妈：他并不想去替代任何人，无论是你心里的，还是我心里的，他只想好好地去爱你，就像现在这样，不强求什么，只想在彼此的朝夕相伴之下建立起情感。你们虽无血缘关系，但妈妈相信你和他的情感会如亲生父子一般，多年后你一定会感激这位父亲的培育。

如今的你逐渐淡忘小忽爸爸，是我能理解也能想到的。妈妈也不记得自己两岁时发生过的事情，我听外婆说我的外公也是在我两岁左右去世了，尽管她给我说过很多次，外公很爱我，可是我对他没有任何印象，也没有什么情感，我只知道他是个很好的人。所以，你不要为此自责或是觉得难受，没有人会去怪你。

将来你可能会听见他人的议论或是非议，妈妈希望你能尽力不要让他人的想法和话语去绑架你的思想与情感。你要知道，一个不了解你也没有参与过你人生的人是无权对你指手画脚的，你不要被他的三言两语所动摇。妈妈相信你是个很有爱心也懂得感恩的好孩子。

除此之外，你要学会理解两个人，一个是你的奶奶，另一个是你的爷爷。我们身边发生的这一切对爷爷来说，是一时半会儿难以接受，既痛苦又无可奈何的。他是你的爷爷，也是一位父亲。妈妈能理解他，相信花生将来也能做到。那么无论他们说了什么，你在任何时候都不可以用言语去回怼或者伤害他们。

你还记得妈妈之前一直没让你对爷爷、奶奶提起这个爸爸的事情吗，你很听话，真的一次也没说过。因为妈妈告诉过你，这是一件很重要的大事，得由妈妈亲自当面去跟爷爷、奶奶说。

在和爸爸领证结婚的前夕，我下定决心去找了爷爷、奶奶。那天妈妈特别紧张，可这是我必须面对的，既是因为我尊重他们，也是因为他们是你的爷爷、奶奶。

当我说这事的时候，奶奶一直在流眼泪，爷爷却一直沉默不语，许久没哭的妈妈也流下了眼泪，就像一段尘封的往事被推开了大门一样。那段日子的记忆和片段交杂在一起，汹涌而至。爷爷、奶奶都是同我一起经历过那段人生的。这么多年里，我们每次去看望他们时，大家都心照不宣地不会提起过去的事情，曾经的伤痛永远印刻在我们心里。我们都因为看到你健康快乐地在长大感到欣慰。

奶奶说她早就猜到了，因为妈妈还太年轻，这是迟早会发生的事情。这事她想过，也理解。虽然她心里难过，但她非常相信妈妈的眼光，知道爸爸一定是一个很优秀的人，所以才能打动妈妈的心。奶奶听我说了很多关于爸爸怎么照顾你的事，她的眼泪一直没有停，嘴里说着："这对他的成长是好的。"她知道你身边能有一位这么优秀的男性陪伴你长大的重要性。

比起奶奶的早有心理准备，爷爷的沉默让妈妈觉得害怕，直到他气愤又难过地对妈妈说:"如果被我知道谁对花生不好,我不会放过他的,包括你在内!"还没等我开口,奶奶就跟爷爷说道:"花生是她的命,她怎么可能找个对花生不好的人。而且我们家花生也不是傻子,如果对他不好他不知道说吗?他最近这么开心,肯定是因为他过得很好啊!小锦会照顾好他、保护好他的。"

这些道理爷爷当然知道,可他没有办法接受有一天你喊了别人"爸爸",这对爷爷来说很残忍,可他知道这一切都没法重来和改变了。他难过地大哭起来,泣不成声。妈妈看到这样的爷爷,心里很难受,很不是滋味。

除了时间,我想没有什么能抚平他的伤痛。这世上或许每个人都有难以抚平的心结,唯有时间这味解药能化解,在多年后的某一天。

我们不能强求他人,无论是在思想上,还是行为上,都不能按自己的意识去强求他人。

这些故事都是花生不知道的,但妈妈都记录了下来。希望将来的你能知道,虽然这是妈妈的记忆,但也是我们共同拥有的人生经历。

爷爷、外公他们都是一个年代的人,在他们那个年代并没有现在所谓的亲子教育。很多那个年代的爸爸都不太会表达爱,有时是羞于启齿说爱孩子,有时是用了错误的表达方式去诠释爱,所以导致他们给予的爱,让孩子觉得他们专横,自己没有自由。但是,不可否认的是,他们都是深爱孩子的。

在那个时代,很多人在固有观念的影响下,或多或少会觉得继父、继母这样的角色都是对孩子不好的人,会条件反射地对他们产生不好的第一印象,这个时候解释再多,他们都不会听。他们更相信时间能检验一切,路遥知马力,日久见人心。

当身边亲近的人用这样的第一印象猜测爸爸时,他当然也猜到了其他人会有这样的想法,可他并没有极力地去向任何人证明和解释什么。他在决定追求妈妈的时候就知道我有一个孩子,他最担心的是,将来会不会有人用你们不是一个姓氏,或者其他难听的话语伤害你。他从不在意外人的眼光,认定了人和事,就会勇往直前,找到他想要的答案。他也想过,如果将来有一天,在教育你的问题上和妈妈有了分歧,我会不会相信他是为了你好，我会不会太感情用事而听不进他说的话。

爸爸想了很多将来自己会面对的困难，最后他还是觉得所有的困难比起遇见妈妈、遇见你都不算什么，他义无反顾地走向了妈妈，并拥抱了你。因为他始终相信，真心地待我们，我们就会接受他。

妈妈不是在情感脆弱的时候去接受这份爱的，而是在我最好的当下，清醒又理智地看到了爸爸的好。我相信，他爱我的同时也会爱你。任何情感，时间会给予答案。我们好好地珍惜当下，就是对生命最好的尊重。我们要学会相信爱，时间会检验它的真伪。

你看人生多么神奇，它在带给我们意外和惊喜前从不会张扬，所以我们要学会面对和接受很多"突如其来"，面对很多不完美与遗憾。

你和爸爸的日常相处经常让妈妈反思，我很感激他在这个时候走进了你的生活，带给了你很多男孩与父亲之间的交流与情感。你喜欢和爸爸一起玩，喜欢听他给你讲知识，也喜欢和他一起幼稚地疯闹，这种陪伴妈妈确实自叹不如。本就好静的妈妈更喜欢坐下来画画、看书、宅在家里，五岁以前的你，大多时候和妈妈一起生活，你似乎适应了我的喜好和生活方式，我以为你的性格和习性会跟我差不多。

后来看到更活泼、更调皮、更好动的你，我还觉得是你变了，其实这是妈妈的不对，是妈妈在为自己的懒找借口。好动本就是男孩子的天性，爱玩、爱疯闹会让你的思维更活跃，所以当爸爸出现后，我能看到你越来越好的变化，看到你更开心、更自由的样子，看到和妈妈在一起时不一样的你。

尤其当我看到爸爸教你军事和动物相关的知识时，你产生了极大的兴趣和好奇心，爆发出对知识的渴望，这是和我一起时没有过的。我真心为你开心，也很感谢爸爸。

妈妈是第一次做妈妈，而且刚上岗不久就成了单亲妈妈。单亲妈妈虽然不易，但我一直以来想的就是，我们两个人的生活方式以及相处模式，会给你的未来以及你的思想带去什么影响。

我最不希望的结果就是，你眼里的妈妈是一个怨天尤人、整日苦兮兮、忙里忙外赚钱、没时间顾及你的人，我也不希望自己是个整日把你寄放在外公、外婆家,然后自己去享乐的人。我想这两种状态,都不是妈妈在你心中的模样吧。

除了以身作则给你带去正面的能量和影响,我还在思考如何能在你心中树立一个能成为你男性榜样的形象呢。

所以从你小时候起,我就给你讲了很多历史故事。有段时间你特别喜欢《三国演义》里的关羽,告诉我是因为你觉得他骁勇善战、忠义无双,他不仅本领高强,还有很多忠肝义胆的朋友相伴。你还喜欢正直勇敢的赵子龙,想像他一样在马上驰骋。再后来,你又喜欢上了汉武帝、秦始皇。总之,在你看过的书里,听过的故事里,你总能遇到一个让你喜欢的厉害人物。

直到爸爸走进你的生活,带给你不一样的相处模式和生活方式,你开始有了更多的改变。每次爸爸下班回家整理他当天做手术的资料时,你会在一旁看,似乎那些医学的东西你一点儿也不害怕。你会认真地问爸爸,这是病人的什么地方生病了?今天的手术难不难?病人治好了吗?救活了吗?

每当这时爸爸都会耐心地告诉你各种医学知识,他总能用你可以理解的语言，跟你讲清楚一台手术是如何进行的。他会对你说："爸爸做这台手术就像你搭乐高积木一样，需要在两块积木中间搭起一座桥梁，打通它们的运输之路。"你听这些时满脸都是好奇与崇拜。

你知道爸爸的数理化好，在他的影响下，你很快就学会了乘法，对数学产生了兴趣，有时你会因此扬扬得意，爸爸却对你说："学习不是用来炫耀的，而是一种主动去寻求知识后带来的快乐。"他希望你能一直对知识保持好奇心和求知欲，所以他回答你的所有疑问，既是满足你的好奇心，也是想让你知道，只有不断地学习才会有更丰富的知识储备。我想这是爸爸在以身作则，给你树立榜样。

爸爸当初能吸引我的那些品格，如今也得到了你的喜爱，你看正能量的磁场就是会引起我们的同频共振，因此产生喜悦之情，从而让彼此感到自在与舒适。

我们的家庭相对其他三口之家来说可能会特殊一些，但妈妈希望，凡事你能多听从自己的心，用你的眼睛去看，用你的头脑去判断与思考。

妈妈很爱你，可在你犯错误的时候，妈妈会严厉地批评你。或许有时候我误会了你，遇到这些情况时，你当然很生气，会不理我，会哭鼻子和我争辩，但事后你意识到是自己的错误时，会主动跟妈妈道歉，会让妈妈别生气。如果是妈妈做错了，我也会给你道歉，然后我们又和好如初。

那么，妈妈想问你，假如有一天，妈妈和你意见不同，指责你的人是爸爸时你会怎么办？你会不会很不服气？会不会觉得他不够爱你？会不会对他说很伤人的话呢？

或许你会，或许你不会，当你看到这封信时，如果这样的事已经发生过了，我相信你肯定已经处理好了。如果这样的事还没发生，那你再耐心地看完下面的内容，这是爸爸曾对我说的一席话，我转述给你：

"小锦，将来肯定会发生这些事情的，有可能是在花生上小学时，也有可能是在他初中叛逆期时。我们都经历过叛逆期，你应该懂。我担心将来他周围的同学会不会拿这些说闲话，让花生更加误解我，甚至讨厌我。

"没发生的事我无能为力，我只能做好眼前的事，我只希望你相信我，你的相信很重要，因为花生很在意你。你要相信，我是真心为花生好，也是真心爱他，我是不会伤害他的。

"但我更希望用和你不同的父爱的方式去陪伴他、教育他，我相信以我们两个人的智慧，是能教育和培养好孩子的。无论未来有什么困难，我们都要一起去面对，我们永远都是一家人。"

这些就是爸爸对妈妈说的话，他也在这样一一履行着。妈妈相信爸爸，一是因为他的为人，二是因为他的父母都是非常优秀的人，从他的父母身上就能看到爸爸所有的优秀品质。那么同理，将来花生的身上是不是也应该有爸爸和妈妈的身影，因为我们在努力让自己优秀，我们都在以身作则，给你树立榜样，希望你能在成长的过程中，形成明事理、有格局的三观。

没有完美无瑕的人，也没有不被议论的人，亲人不仅仅是血脉的相承，也有朝夕相处、三餐四季的相濡以沫。当我们感受到爱与幸福的时候，是因为被给予了爱与幸福，这是最真切的体会。我们要珍惜跟亲人相处的时光，不要去伤害爱你的人。

妈妈从不要求花生做一百分的孩子，因为我也不是一百分的妈妈。你开心快乐，善于表达，愿意分享你的一切，从不吝啬爱的付出，这样就挺好。

无论将来你遇到什么困难和麻烦，首先要学会尽自己所能去想办法解决问题，如果实在力所不及，再寻求他人的帮助。但无论如何，请你永远都要坚信，爸爸、妈妈会在你的身后给你力量，做你坚实的后盾。

你的幸福、你的感受要听从你的心，不要被他人的言语影响。记住妈妈说的话："永远别去计较你所失去的事物，而应当珍惜你所能拥有的每个当下。"

也要记住爸爸说的话："做一个对生活永远充满好奇心、求知欲、不怕困难、敢于挑战的人，我们来人间一场，是来体验生活的。"

这封信快写完了，好不舍！我来回读了很多遍，感觉还有很多话想对花生讲，不知道花生看到这里时，会有什么样的反应呢？

妈妈回想起四年前给你写信的那天晚上，当时哭湿了好多纸巾，我甚至连回看一遍的力气都没有了。但是，今年妈妈写完这封信时没有哭，四年的时间让妈妈的状态改变了。但不变的是，无论是哪个时期写给你的信，妈妈都是怀着对未来的信心和勇气在书写。我的心里总有一个信念支撑着我，那就是对你和对生活的爱。

　　未来我们还会遇到很多新的难题和挑战，我不害怕，你也不要害怕哦！等到你羽翼丰满，个子比妈妈高几个头的那一天，我期待你把妈妈紧紧搂在怀里，那个时候我要把你胸口的衣服哭湿一大片，然后你会哭笑不得地对我说："妈，你的鼻涕都流到我身上啦，我待会儿怎么去打球啊……"

爱你的小锦妈妈

"妈妈,我们要去哪里?"
"万物复苏时,都会向着太阳的方向前行,我们就去那里。"

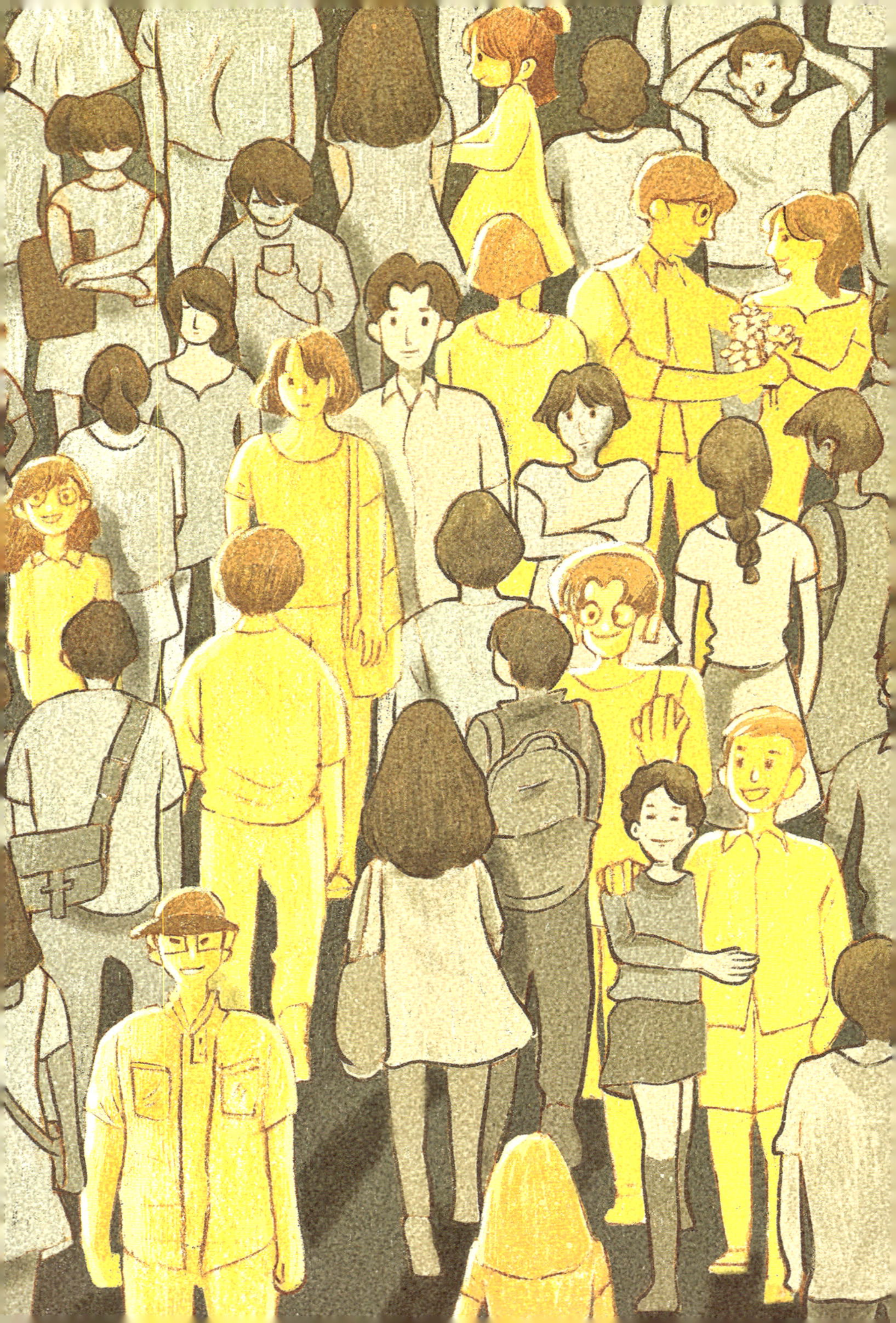

我们行走在来来往往的人群中，
　唯有真诚能打动真诚，
　唯有真心才能感知真心。

你是一颗流星,一定会落入凡间。
爸爸、妈妈期待早日与你相见,
再续人间温情。

你和日子都会闪闪发光

发光的人生并非仅由甜蜜与幸福铸就，
而是即便在面对死亡的幽暗之际，
依然能勇敢地朝着有光的地方前行。

2024年4月3日，宫崎骏爷爷的告别之作《你想活出怎样的人生》终于在中国上映了。当晚，我与伴侣携儿子花生一同前往影院，观看了这部备受期待的作品。其实，在过去的两年时间里，我们陪伴花生陆续看完了宫崎骏爷爷的所有动画电影。起初，这只是我个人的喜好，后来逐渐变成了两个人的陪伴，最终演变成了三个人共同的习惯。

　　前几年，我就已经看过这部电影的同名小说。当时听闻这部小说是宫崎骏爷爷从小看到大，并影响其一生的作品，我原以为他会将书中的故事搬上大银幕。但是，出乎我意料的是，宫崎骏爷爷只是借用这个书名，在电影中讲述了属于他自己的人生故事。他用自己的方式，向那些曾从他生命中离去的人,他深爱的人,做出了最真挚的关于死而后生的告白。同时,他也向世界表达了他对和平的永恒热爱,以及对人生充满勇气和爱的深深情意。

尽管很多人在观影后表示困惑不解,但我却泣不成声,直到片尾曲的最后一个音符落下,屏幕变黑之后,才依依不舍地起身离开。

我是从电影中牧真人和年轻时的母亲火美,即将推开异世界大门的那一刻开始,眼泪就止不住地奔涌而出。

真人对火美说:"不要推开那扇门,不要去那个世界,因为你会遇到一场火灾,你会死掉。"然而,火美却毫无惧色,温柔地对真人回应道:"我不会后悔的,因为推开了那扇门,我将来就会有一个像真人这么懂事的孩子,这会是我人生最大的幸福,而且,我不怕火。"话音刚落,火美微笑着与真人道别,义无反顾地推开了属于她人生的那扇门,从此开始了属于她自己的旅程。

而坐在影院的我,隔着大屏幕看着火美的脸庞,眼中却不禁浮现出自己的身影。

我情不自禁地伸出手,轻轻握住花生的小手,他则回应着我,紧紧地牵着我的手。大概是我起伏的身体和哭泣的喘息声,让他察觉出了我内心的波动。不过,他并没有立即凑过来问我:"妈妈,你为什么哭了?"他只是默默地把我的手握得更紧了。

这让我更加无法控制自己的眼泪,因为我突然发现,原来我的花生已经这么懂事了。他用温暖的小手紧紧地握住我,给了我最深沉的无声安慰。他看着我流泪的模样,没有问我为什么哭,只是在我们眼神交汇的那一刻,甜甜地对我笑了笑。那个笑容,就像是一个懂事的孩子在说:妈妈别哭,我就在你身边。

那一刻,我的脑海中涌现出与花生共度的七年间的点点滴滴:我想到了那个陪我从武汉到深圳,一起买二手家具,一起在出租屋里拼装家具,一起坐两小时的公交车去看海,一起经历生离死别的花生;想到了那个在我加班时会贴心地为我倒水,叮嘱我早点睡觉别熬夜,让我少喝点红酒,让我要开心生活,让我每天不停讲故事,喜爱画画、喜欢看书、喜欢跑步的花生;我还想到了那个穿着帅气礼服参加我的婚礼,向全家人开心又自豪地宣称他有爸爸了,每天晚上都会来亲吻我们，并问我们今晚会不会聊天的花生。

或许像我们母子这样，在短短七年时间就经历这么多人生变故的情况并不多见。然而，于我而言，这是何其宝贵的人生经历！我的人生，我活着的每一天，因为有了他才变得更加闪亮；他的人生，他来到这世界上的每一天，我也希望他会因为有我而更加勇敢、更加懂得爱。

如果每个人的人生都能拥有一次重来的机会，并可以重新选择，你会怎么选择呢？宫崎骏爷爷向我们所有人提出了一个问题：你想活出怎样的人生？

我想，无论重新选择多少次，我仍会选择经历我的上一段人生。我会与青春里的少年共谱恋曲，与他共同孕育生命，陪他走过短暂却精彩的人生旅程。我会用心抚养我们的孩子，将他深深珍藏在心底。我会努力让孩子成长为羽翼丰满的大人，期盼着见证他展翅飞翔的那一天。我依然会给这个孩子取名为花生，愿他在漫长的人生岁月里，能懂得花点时间享受人生。无论身处哪段人生，我都会保持坚强勇敢，全力以赴地活出我想要的人生。

任何人的离去或到来，都是人生经历中不可或缺的一部分，也构成了我们彼此人生的一部分。真正属于我们自己的人生篇章，必须由自己去书写、去完成。它并非轻易就能被他人摧毁或建立，而是需要我们拥有坚定的内心，才能扬起人生的帆，让梦想的船只破浪前行。

发光的人生并非仅由甜蜜与幸福铸就，而是即便在面对死亡的幽暗之际，依然能勇敢地朝着有光的地方前行。不留遗憾，才能在回首往事时，无悔于人生的每一次选择。

你和日子都会闪闪发光的，请相信你自己。

女性在从二十岁步入三十岁，再迈向四十岁的人生旅途中，会经历爱情、婚姻、生子、事业、家庭等各方面的事情，身份也随之发生诸多变化。这二十年的时光，恍如弹指一挥间，一晃而过。许多人起初都怀揣着纯真的心，忙着去追寻那个被称为幸福的完美答案。然而，随着经历的累积，渐渐发现，人生似乎离幸福越来越远，日子也不知从何时起，变得与最初的期待大相径庭。

几年前，我收到过一位读者的来信。她告诉我，她和老公在高中相识,两个人一路从校园走进了婚姻殿堂,后来有了孩子。老公事业有成家境优渥,他们的感情也一直很好。直到有一天,她去幼儿园接女儿回家的路上收到了一条短信,发信人是一个陌生女人。短信内容令人震惊,那个女人声称自己已经怀了她丈夫的孩子,并且他们在一起已长达八年之久。最后,那个女人还希望她能主动提出离婚。

这条短信犹如晴天霹雳,给了这个一直生活在温室中的女子沉重而残忍的一击。她表示,除了深深的难过,更多的是恐惧。她甚至不敢直接找丈夫对质,因为她害怕离婚后自己没有能力独立抚养女儿,也害怕父母和朋友们知道她的婚姻破裂而遭受议论。

她心中充满了困惑和无助,既不知道向谁倾诉,也不知道该如何应对眼前的困境。于是,她选择向我这个遥远的陌生人诉说,希望我能为她提供一些建议。我在安抚她情绪的同时,也表达了我的想法:

我告诉她,如果我是她,在当前的情境下,任何的争执和吵闹都显得毫无意义。如果这段感情早在八年前就已经出现了背叛,那也不会因为当下双方的对质,他就会认错,他们从此破镜重圆。

我会冷静下来，为孩子和自己的将来做好打算。专业的法律问题就请专业的律师来处理，一段走到尽头且失去了信任和爱的婚姻，是给不了孩子幸福和完整的家的。因此，我不会为了让孩子有一个爸爸而委屈自己，去牺牲自己的人生。更重要的是，孩子也不应该在一个不健康的家庭环境中成长。离婚后，并不意味着孩子就见不到爸爸了，孩子仍然拥有与爸爸相处的权利。我也绝不会在孩子面前发泄对这个男人的恨和怨，因为这样的行为只会给孩子带来二次伤害，甚至影响她未来的人生。我要做的，是思考未来如何让女儿能够逐渐适应新的环境。至于父母和朋友，我会在处理好一切后，选择适当的时机告诉他们。因为这是我自己的人生，我最应该在意的是自己和孩子的幸福，而不是其他人会怎么看我、怎么说我、怎么想我。

当然，这些只是我的想法，以及如果是我面对这件事后的处理方法，最终的选择权还在于她自己。

时光荏苒，又过了近一年的时间，那位读者再次在一个深夜联系了我。这一次，我并没有和她说太多，因为故事已经有了它的结局,她选择了另外的人生道路。我也只能默默祝福她:希望她能早日放下心中的仇恨,迎接全新的生活,和女儿将来一切都好。

如果说一帆风顺、波澜不惊的人生是一种幸运,那么对于那些被命运赋予坎坷剧本的人来说,我坚信老天爷并非在给予他们不幸。相反,它似乎愿意将更为精彩纷呈的人生留给这些人去选择和创造。只不过,这段人生不会那么容易,它需要我们去勇敢地探索,在眼泪和失败中不断地磨砺和成长,才能领悟到其中的真谛。

世人常说,世间的幸福是相似的,而不幸却各有各的不同。然而,我却认为,这个世界同样存在着无数相似的不幸,但幸福却从未有过相同的模样。因为幸福都是靠人经营,靠情感滋养,靠时间维系的。没有两个完全相同的人,自然也不会有完全相同的幸福。

在任何时候,爱万事万物的前提都是首先要学会爱自己。我们每个人都只有仅此一次的人生,应该全力以赴活出它的精彩与意义。无论曾经遭受或经历了什么,都会成为过去,化为我们成长的垫脚石。未来的幸福之花不会在一片怨天尤人、充满仇恨的土壤里盛开，它需要我们用爱去浇灌。这个世界唯有相信爱，才能创造爱。

你和日子都会闪闪发光的，请相信你自己。

有人曾笑话我说："都是经历过一段婚姻的中年女人了，怎么还整天把爱挂在嘴边？"我深感不解的是，为何每当女性提及爱，人们总是狭隘地理解为爱情？女性的眼泪、软弱、失败和委屈，难道仅仅是因为她们为情所困吗？难道女性就永远只能被爱情束缚吗？这种偏见导致许多女性产生了误解，偏执地认为，在两性关系中不要付出太多就能避免受伤。更有甚者，选择远离爱情和婚姻，以为这样就能活得洒脱和自在。

在我看来，爱，不仅是一个名词，代表着一种深刻的情感；爱也是一种状态，描述着人与人之间的亲密关系。但爱更是一个动词，它需要用行动去诠释和表达。爱不是空泛的言辞，无法仅凭信口开河或夸大其词来描述；爱也不是表面的情感宣泄，不会随人哭天抹泪或寻死觅活地高喊而显现。

真正的爱，是需要人们去付出，去经历，去用心感受的。在这个过程中，每个人都会有自己独特的体会和感悟。因此，爱在每个人心里就有了不一样的解读和认知。

一个真正拥有过爱也懂得珍惜爱的人，他深知爱的珍贵与不易。这样的人，首先会好好爱自己，因为他明白，只有先照顾好自己，才会有足够的能量去赤诚地爱他人，爱他热爱的生活，爱他一生追逐的梦想，爱一切给予他能量的万事万物，爱这个风雨过后更显壮美的大自然。在这个过程中，他所感受到的并非单向的付出，而是一路都在收获。

付出自己的爱，并非为了静待花开的那一刻，而是整个花开的过程本身就值得我们用心去付出和体验。重要的是过程，而不是单纯的付出。因为过程本身就是一种经历，一种收获。如果我们一味地在意付出，那往往是因为我们更加关注是否能得到一个完美的结果。然而，我们必须明白，结果与付出之间从来都不是简单的等号关系。

左右我们人生心境与选择的，其实是我们自己。尽管我不知道我的未来会是什么样，但我珍惜在迈向未来的过程中所有的经历。我活着的日子就应该有发光发热的能量，这样无论外界发生了什么，无论他人如何非议，我都有足够强大的自我保护和自我治愈的能力。因为我深爱着自己，所以我不会用别人伤害我的方式去折磨我自己。我会怀揣着一颗勇敢的心，让我的日子和人生闪闪发光；并且始终坚定地相信，这个世界是充满爱和希望的。

希望我这样一位平凡女性的故事，能为你带去一丝丝慰藉与力量。单身并不可怕，它代表着独立与自由；丧偶并非可怜，它让我们学会珍惜生命且变得坚强；离婚不是毁灭，而是一次重生的机会；单亲更不是绝望，它让我们更加珍惜与孩子共度的时光。无论何时，人生都没有太晚的开始，只要我们朝着有光的地方，勇敢前行，就能书写属于自己的精彩人生篇章。

你和日子都会闪闪发光的，请相信你自己。

人群中的你我

我们在别人的故事里看到自己的影子，
别人又在我们的故事里看到了自己的人生。
人群中的你是我，人群中的我也曾是你。

前几日我收到了一条粉丝发来的私信,她是这么写的:

鱼,不好意思,打扰你一下。我最近很困惑,我家先生的年纪不小了,一直很想要孩子,可我有些恐惧,不知道是担心有了孩子之后的变化,还是因为小时候爸妈感情不好经常当着我的面吵架,导致我现在真的很纠结。我并不是不喜欢孩子,只是害怕自己没有能力去照顾好他,加上我是个主见很强的人,不喜欢我的事情被家人说来说去,就算知道他们说的是为我好,我也会觉得不舒服。最近因为生孩子的事情经常没缘由地跟先生发脾气,想问下该怎么办才好?

看到她的信息时,我刚接花生放学回家,正准备做晚饭,于是我让她等等我，晚些时候我会给她回信。虽没法立刻回复，但是她说的话一直在我脑海里浮现，我一边切菜，一边在心里想好了要给她的回复。我不禁回想起了自己的人生选择，有孩子以后的人生，我过得怎么样呢？

花生是我在做好了身体和心理的准备后才来到我身边的。无论孕前我假想了多少在未来带娃路上可能会遇到的问题，可在不可预料的现实面前，我所要面临的困难还是大大超过了预期。

比如，我从来没想过会经历青年丧夫，会变成单亲妈妈。如果我有预知未来的能力，或者有时空穿梭者告诉我未来会经历的种种，我想我还是会遇见这个人，会和他结婚，会想让他短暂的人生活得更加精彩一些。但是我一定不会生孩子，因为这是一个生命，是一个需要我付出责任和一生去守护的生命。他因为我才来到这个世界，我真的不愿意他的人生开篇就是面对遗憾和父爱的缺席。但人生没有未卜先知，也没有超能力者告诉我们未来会发生什么。

我想过无数次关于如何才能做一个好妈妈，但唯独没有想过这个最为极端和小概率的事件。在我得知花生已经在我肚子里一天天长大时，我告诉自己：我一定要用心陪伴他长大，我会带他去看这个世界，我要给他拍很多照片、视频记录他的成长，我还会教他画画，和他做朋友，我想让他在一个和谐的家庭氛围里长大。我会去学很多知识，我还要学着做饭，总之，我一定要尽自己的全力让他在爱里长大。

可当我知道我要变成单亲妈妈了，而他即将失去爸爸的那一刻，我既害怕又无助，我不知道未来的路要怎么走。那时我只能凭着仅存的力量，想办法多创造一些回忆。当我觉得跌入人生低谷的时候，那个对死亡懵懂无知的孩子，用他超乎同龄人的懂事，还有温暖灿烂的微笑，像一束光照进了我人生的裂缝口，直抵我的心灵深处，这是爱的力量。不是只有我能给予他爱，他同样也在给予我爱。

于是，我重新披上了盔甲，变得坚强又勇敢。我阻挡不了死神的步伐，改变不了失去的生命，但我还能创造新的明天，我能牵着孩子的手一起走过泥泞，我的爱和勇敢将会赋予他力量，也能为我们带来新的希望。

那些曾经因为孩子的出生而怀揣的美好期盼，在六年光阴中，我一路走来，在尽力地慢慢做到。这个过程让我意识到：我们每个人其实都无法改变会发生的事情，但我们能改变自己，改变心态去面对它们。

人生的所有事，并不会按照我们所期望的一路顺风下去，抱怨和后悔是最让人内耗和痛苦的行为，这不但不能改变现实，反而会加剧自己的痛苦。当我们的心态转换成让自己不断地去学习、去适应所处的环境，从而学会应对各种生活的磨难时，生活的转机会随之而来。因为我们变了，所以我们看待事情、处理问题的方式也随之改变了，结果自然就不一样了。

那天夜里，我终于忙完了一天的事情，打开了电脑，把心中的想法真诚地回复给她：

抱歉，这么晚了，打扰你休息了，因为我才忙完一天的事情，现在终于能给你回消息了。谢谢你信任我，愿意跟我分享你的故事，每个人的成长环境不同、遭遇的事情不同，看待事情的态度也会有差异。所以，我的回答或许有主观性，你仅做参考就好，最后的决定还是得由你来做。

我觉得生孩子、抚养孩子、教育孩子，这是三个问题，不是一件事情。

所以你最应该沟通的人是你的先生，你们应该深思熟虑地做出最适合你们的决定，不要因为旁人的观念去左右了你们的想法。

有时候，我们总想把一个问题想得非常透彻，就好比生孩子这件事情。很多人不仅要把所有的利弊都捋清楚，还要权衡自己的付出是否值得，最后发现怎么算都是件辛苦事，都是在给自己找累受。如果思维陷入了这样的循环，那么孩子对我们而言，存在的意义就已经变质了。

我始终觉得，一个生命能走进另一个生命之中，绝对不是奔着伤害来的。所有的遇见都是好久不见，所有的遇见也都是命中会遇见。

如果没有痛苦，我们永远不会明白幸福多么珍贵，而那些永远幸福的人，也不会知道痛苦后的成长是怎样的可贵。

另外，你也不应该一味地把自己过去的生活带入现在的家庭，父母感情不好本质上并不会影响你想要过的生活。如果你想经营好自己的生活和婚姻，就不要带入他人的人生，哪怕他们是你的父母。

毕竟你要知道,从父母感情好的家庭中长大的孩子,也有可能会经历不幸福的婚姻和不如意的生活。

我们应该将婚姻、家庭、孩子的问题分开来看,不要混为一谈,尽管这些问题之间有着密切的联系,但这种联系应该属于你的婚姻、家庭、孩子,而不应该涉及其他人。

最后,关于你没缘由地和先生发脾气这件事,或许是有点儿孩子气,我觉得偶尔的任性和撒娇其实也是一种生活情趣。你的先生一定会包容和怜惜你,但是凡事有度,一旦过了边界线,就会成为伤害感情的利器,我们都不要做将来让自己后悔的事情。

希望这些话能给你郁结的心带去一点儿不一样的宽慰,我们永远无法精准地预判人生的每个阶段,倒不如边走边看、边看边学、边学边悟。那些能把自己的人生过得很好的人,我想他们一定也是这样关关难过关关过的,最终走出了属于自己的人生之路。

我们在别人的故事里,会看到自己的影子,于是我们转换思维去想,如果是自己又该怎么做呢?人世间有这么多的人,就一定会有这么多的人生故事,总有一些事我们做了会后悔,也总有一些事我们不做依旧会后悔。无论我们多么努力,人生终有遗憾,可在这一处曾留下的遗憾,或许在人生的另一处又得到了不一样的圆满。失之东隅,收之桑榆,一切早有安排,一切也都是最好的安排。

还有一封来信里的故事也想在这里跟大家分享一下,这是一封来自2022年5月18日早上九点十分的信件。

朋友圈里的锦妹妹:

你好,作为跟你有相似经历的我,希望我的感受能给你一点儿启发。

我和他从结婚到他离开总共三十个月,他的病程二十二个月,他在我怀孕六个月的时候开始身体不舒服。在本县、杭州、上海的就医一直被误诊,他服用了各种中药、西药,结果根本不见好转。直到我女儿出生十个月的时候,他的胰腺癌彻底暴发,已无药可救。

他走的时候,女儿才十八个月,刚会叫"爸爸"。单亲妈妈抚养孩子的各种心酸、无奈和无助，我都体会过。他是一九八九年走的，那年我二十五岁。这些年不是没有机会再婚，只是我自己以各种理由拒绝走出来。现在我的女儿跟你差不多大，工作好、自身条件也不错，却一直未婚，我觉得是受我的生活状态影响，也受同事朋友圈中离婚率高的影响。

我开始思考我年轻时的决定是不是错的，应该在孩子童年阶段找一个善良有爱的人，让孩子体验传统的正常的家庭生活方式，或许她就不会有现在"恐婚"的状态。

我很自责！看到你的照片，读过你的畅销书，就想到自己三十年前的样子。

你这么善良、有才、漂亮，应该有更好的生活。

收到这封来信时，我看了一遍又一遍。这位和我妈妈年龄相仿的阿姨，她的真诚和善良深深地触动了我。或许正是因为我们不相识，才让这段话更加有分量。或许阿姨在这么多年的岁月里，不曾跟任何人说起过这些，直到某一天，她偶然看到了人群中的我，知道了我的故事，就这样我打开了她尘封已久的往事，让她看到了曾经的自己。

如果一个人不曾真的与过去的自己和解，她是做不到真诚、坦然地说出自己的故事，还能祝福和她有相同遭遇的另一个人，并希望她好的。这份人间最真挚的善良和真情，试问谁拥有了不会为之感动呢？

这是我写完《人间告白》和《星空邮局》后最大的幸福所在，这份幸福并不是有多少人喜欢我、有多少人记住了我。我写作的初衷除了纪念，就是想真实地把自己的经历写下来，我想让人群中的陌生人，能在我的故事里感受到我的真诚。

那些流过的眼泪，并不只是记住我和爱人的生离死别，更是希望大家明白：珍惜我们活着的每一天，人生不仅有爱情，还有亲情、友情。真正的爱，是无悔奉献，也是勇敢地走出过去迎接新生，去爱生活本来的样子。

这个世界很纷杂，这个世界也很喧闹，我们行走在来来往往的人群中，唯有真诚能打动真诚，唯有真心才能感知真心。

后来我回复阿姨：**谢谢您愿意这么真心地对我说这些话。**

她答复道：**大概只有我能看到你灿烂笑容背后的样子。**

一年后，我再次给阿姨回了信息：**我现在开始了新的生**

活,很感激当年您对我说的那些话。我也祝福阿姨,希望您和您的女儿往后余生一切都好,当下就是最好的。

她答复道:恭喜你,你做得对。人生是不可重来的一次旅程,他因为疾病无奈提前下车,我相信他也希望有一个健康、善良、有爱、有能力的人,继续陪伴着你们前行。祝你们幸福快乐、健康平安。

我们来人间是体验生活的,同时也是修炼人生的。只有在人群中我们才能看清人性的本质,也只有在人群中我们才能学会成长。任何事情的发生,都应该允许多种声音的存在。过于好听的赞誉和过于幸福的状态,会让人迷失,止步不前。

因为有了不同的声音、有了伤痛,我们才想做得更好,想踏出一条全新的道路。慢慢地,走的人多了,路也就多了。

我们在别人的故事里看到自己的影子,别人又在我们的故事里看到了自己的人生。人群中的你是我,人群中的我也曾是你。

疗愈人生的鸡汤,会放在人来人往的真诚客栈里。为我们盛上一碗鸡汤的人,秉承善良,心怀祝福。当我们喝下这碗鸡汤，生命里便有了温暖的光。这道光是力量，也是能量，带领着我们继续勇敢地前往人生的下一站。

世间凉薄是人心，世间温暖亦是人心。

流星划过

天边仿佛有一颗流星划过,

落去了家的方向。

这周,林心几乎每天都在加班,今天终于不用加班了,她准点打卡下班。

在离开公司走向车站的途中,林心看到了久违的夕阳。

六月的江城,今天夕阳的橙红色显得格外浓郁,彩云特别多,仿佛住在天上的神用他的手捏出了各种憨态可掬的奇珍异兽。它们明明在争先恐后地追逐着,可是世人却只能看到它们静态的模样。

林心出神地看着它们,突然间意识到了什么,赶紧从包里拿出手机拍下了这一幕。

她是个特别喜欢记录生活的人,平时这个时候她总在加班,但她依旧会在出版社大楼的窗前,隔着玻璃拍下夕阳落日,那是不一样的景象。

随着时间慢慢地往前走,江上那一座又一座的跨江大桥在夕阳的轻抚下,纷纷披上了从橙黄色向青紫色过渡的晚霞圣袍。桥上来来往往的车辆像是这袍上镶嵌的宝石,在余晖下一闪一闪地发着光。江面上的游轮和船只来回行驶的航线,仿佛在为圣袍画上些许柔美的线条。此情此景像一幅生动的画卷,慰藉着林心的心,无论是终日积压如山等待着她审阅的稿件,还是和男友之间产生了裂缝的感情,以及这么多年和父亲之间无法释怀的隔阂……都让她感到疲惫不堪。

她已经过了遇到什么事就要找人倾诉的年纪,那些她看过的书让她学会了,一切的不如意最后都只能用自己的方式去化解。每次妈妈打电话来问她:"这个周末回家吃饭吗?"即使有空,她也会习惯性地回答:"妈,我太累了,不回了,下周再说吧!"她并不是不想回去,只是和爸爸之间的隔阂好像越来越深,与其见面后不断争吵,不如一个人安安静静地过完周末。

上车后,林心坐在靠窗的位置看向窗外,公交车的速度怎么都追赶不上夕阳的步伐,那件晚霞圣袍变得越来越宽广，直到它把整座城市都揽入怀中，各种忽明忽暗的"宝石"也在颜色愈加深的圣袍上变得越来越多、越来越闪耀。当璀璨的光线令林心看迷了眼的时候，天边仿佛有一颗流星落了下来，在空中形成一条自带光芒的抛物线，最后落去了家的方向。

林心有些不可置信地努力睁大眼睛又看了看天空，闪烁着光芒的抛物线在天空中留下了它隐约可见的痕迹。那颗流星落去的地方一直在发着光，她又惊喜又震惊。车内车外的人们都在若无其事地做着自己的事，似乎除了她，没有人看见这一幕。

车到站后，林心去最近的生活超市里买了些自己喜欢吃的食材，买完赶紧往家的方向走，准确地说，她是沿着流星滑落的轨迹，在大步地向家的方向走去。

她几乎是一路小跑着进了小区，没想到当她再抬头时，那道原本闪动的光消失了，天边还残留着最后一丝蓝紫色的云彩，却再没有任何光亮的轨迹了。刚刚发生的一切，仿佛是疲倦的她生出的一丝幻象。她呆呆地站在原地，直到电话铃声响起她才重新迈开步伐。

"你怎么不接我电话？今天晚上我跟同事吃饭，不去你那儿了。"

"在忙。好的。我挂了。"

"你没有什么要说的了吗？"

"没有。"

"哦。那……再见。"

"再见。"

林心习惯了这样的对话，从一开始的委屈争吵，到现在的平静无话，她不知道这段感情还能不能继续下去。但是此刻她不愿想这些，手中沉重的购物袋提醒着她，该回家做饭给自己吃了，这个难得的周末，不应该被任何人打扰。

当她准备上楼时，余光看到了旁边的信箱里好像有道微弱的光闪动了一下，她回头的瞬间，正好看到了渐弱的光在她的信箱里消失了。

几年前，林心几乎每周都会打开信箱查看一次，看有没有她订阅的周刊。那时她喜欢订阅一些外省的周刊。后来随着新媒体的快速发展，传统纸媒业的生存空间逐渐被压缩，这些周刊有的被迫停刊，有的逐渐变成了修订版的年刊，而更多的则被电子刊物取代。身为一个出版人,林心见证并接受了社会知识产物传播途径的迅速变革。尽管如此,她依旧热爱纸质书籍和纸质杂志所带来的独特感受。正是因为这份热爱,当她同期毕业的好友都纷纷辞职转行的时候,她毅然决然地坚守着自己的理想。

林心弯下身子,看了看信箱,发现里面好像有本书,应该是某家杂志社寄来的刊物,但她忘了取。她已经半年没有打开过这个信箱了,赶紧从包里掏出钥匙,打开了信箱门。

信箱里的并不是书,也不是杂志,而是一封厚厚的信。她仔细看了看信封上的地址,是她家的门牌号,但没有写收件人,也没有写寄件人,只知道寄件地址是新疆伊犁的一家邮局。

林心把信放进包里,然后回了家。她没有马上去看信,而是先去厨房准备晚餐,在洗菜的时候,她一直在想,会是谁寄信给她呢?是佩佩吗?以前她总寄明信片给自己,除了她,实在想不出来还有谁会给自己寄信。

想到这儿,她赶紧擦了擦手,给佩佩发了一条短信:佩佩,好久没联系啦,你是不是又去旅行了?

佩佩很快给她回了电话:"你怎么知道我去旅行了呀?我给你讲,你绝对想不到我去哪里了。"

"难道是新疆?"

"什么啊,去年我去过新疆了呀。你忘了,你还给我朋友圈点赞了呢。"

糟糕,怎么把这个给忘了,佩佩去年秋天去过新疆了,所以这封信肯定不是她寄的。她和佩佩闲聊了几句便挂了电话,然后回到了厨房。

她想不出来还有谁会给她寄信,好奇心不断地驱使她赶紧打开那封信,或许有什么惊喜呢,她在期待着。

林心做好简单的素食晚餐放在桌上后,便急忙去包里拿信。信封很厚实,透过灯光难以分辨里面具体有什么,只能隐约看到折起来的一封信和一些卡片类的东西,有可能是照片。信封右上角的邮票是一张很美的风景照,应该是新疆伊犁的壮丽景色。林心小心翼翼地用裁纸刀打开信封的边缘,然后慢慢地抽出了里面的东西。

信封里装着几页手写信和一些照片,照片绝大多数是风景照，其中有一张合照，也是唯一一张有人物的照片。

照片里头发花白的两个人背对镜头，举止亲昵地并肩站在雪山前，看样子像是对六七十岁的老夫妻。他们脚下的草原一直延伸到了雪山脚下，近处鲜花盛开、阳光明媚。

这本是很完美的照片取景，可是夫妻俩却没有站在画面的中间，而是往右偏了些，仔细一看，阿姨的左手微微地抬了起来，她的头也往左边偏，站在右边的叔叔则用左手紧紧地牵着阿姨，看不见他的右手，应该是放在了前面。

在出版社工作这么多年，林心见过无数张照片，但这张照片却给她一种难以言表的感觉。照片中的风景明明那么美好，可两位老人的背影在风景中出现时，却让人感受到了一丝伤感。或许是因为没看见他们面带笑容的脸庞，或许是因为联想到了自己的父母，她感慨于这对老夫妻的恩爱。他们应该不是跟着旅游团去的那里，那儿的风景不太像是大部分老年团会去的地方。从他们的穿着打扮可以看出，他们是经常自由行的人。

照片的背面写了一句话：亲爱的女儿，我们来到伊犁的库尔德宁了。这里真的很美。很想你！爱你的爸爸、妈妈。

看到这儿,林心终于确定了,这封信的收件人不是她,纵使她想把这些都装回信封退回去,可是该退去哪里呢?连一个寄件地址都没有。而且这样的信件被退回到了原处,只能被埋没在退件信中。如果在信里两位老人留下了地址的话,她就可以把信件寄给他们了,想到这儿,她便打开了那封折起来的信。

亲爱的女儿:

我和你爸终于来到了新疆,前阵子我和他因为轮流着住院,身体一直没恢复,耽搁了太久,你不会怪我们吧?妈妈知道,你一定不会的,你很懂事,知道爸妈不是故意这么晚才来新疆的,我们比任何人都想要早点儿来,可是我们的身体却跟不上我们迫切的心。

你在新疆待了五年,应该把想去的地方都玩遍了吧,妈妈相信你眼里的新疆一定是最美的,因此我和你爸也想来看看。我们第一次听你的话没有跟团游,而是认认真真地做好攻略,制定了线路,并提前在网上预订了酒店。此外,我们还租了一辆车,方便我们自由行动。你是不是没想到我们会这么厉害。

你工作太忙了，再没法像小时候那样，经常跟着我们去旅游。你总说我们跟团游的内容没意思。妈妈告诉你，其实我最喜欢的旅行，就是能跟你和你爸一起。我才不是喜欢跟团游的人，只是现在年纪大了，你不在身边，我们害怕独自远行。

妈妈年轻那会儿，经常和你爸一起出去玩。在那个年代，没有什么网红打卡地，我们喜欢去看各种名胜古迹。你爸喜欢探险，每次出门他总能带着我找到一些与众不同的地方。你随了爸爸，也喜欢探险、喜欢去挑战各种新鲜事物。

还记得你刚大学毕业时，咱们仨一起去欧洲玩了大半个月，现在我还时常会梦到当年的那些场景：我梦见在去往希腊的游轮上，你不停地给我们讲各种古希腊的神话故事。你搂着我的胳膊，爸爸搂着我们。我们就这样一边看日落，一边听你说着各种我们闻所未闻的奇妙故事，你还说将来一定会带我们去更多的国家旅行。

在梦里，我开心又自豪地哭了，我的女儿真优秀，我怎么会这么幸福。可梦醒后，我又忍不住地失落和难过起来，因为这段记忆过去太久了。妈妈真的好怀念那次旅行，你还记得，对吧？妈妈知道，你一定不会忘记的。

新疆真大真美，我们在乌鲁木齐办理租车手续时，车行老板把你爸的行驶证看了一遍又一遍，又反复看他的身体检查报告。他一定很担心我们这岁数能不能在新疆自驾游。

我们一路从乌鲁木齐开到了赛里木湖，中途在一个叫霍城的地方休息了一晚。听说这里有你喜欢的紫色薰衣草，我本想拍下来给你看，可惜我们来的时候，薰衣草还没有开，今年的新疆回暖有些晚。

我们在赛里木湖遇到了一个老年自驾游的团队，他们是一家人，开房车来的。他们约我们一起，你爸不愿意和他们一起玩，他说只想安静地感受新疆的美。人类的悲喜并不相通，他开心不起来，也融入不进去。因此，我们不想破坏别人的欢快气氛，就和他们寒暄了几句后继续我们的旅程。是不是觉得你爸变了很多，变得既熟悉又陌生，但他唯一永远不会变的，就是爱我们的心，你记住这点就足够了。

妈妈知道你在想什么，你也希望你爸能回到原来的开心状态，对吧？你希望我们都别让你担心、别让你牵挂。妈妈知道，我会好好劝导你爸的，你放心。

在六月的阳光下，静谧的赛里木湖呈现出了一种充满魔力的古蓝色，远处的雪山静静地陪伴了它上千年，仿佛它们在为世人谱曲，只有静心感受的人才能听到这首动人的旋律。不同的人在不同的心境下，听到的旋律也是不同的。在这里，我们不需要对任何人诉说难言之隐，只需要与大自然相连，随着心境的变化，眼前的风景也会呈现不一样的色彩。

我和你爸看着湖水，驻足停留了很久。我没有开口问他什么，他变了很多，这些年沉默几乎成了他的全部。当我回头看向他时，他的眼里平静得像这静谧的赛里木湖，旁边的任何声响都没能激起一丁点儿涟漪。直到我忍不住用手挽住了他，他才反应过来，握住了我的手。我真的很想念你啊，我亲爱的女儿，你过得好吗？你很久没给我们回信了。

看完这两页信，林心不禁红了眼眶。月亮早已爬上了星空，柔和的月光洒落在客厅的地上，微风吹动着轻薄的窗纱，使光影变得忽明忽暗。

她起身走向窗边，看着熟悉的夜景，心里想着：这样一封充满温度的信，就这样被我误拆了，它本应该被需要的人打开。这对老夫妻的期待，不应该因我的闯入而终止。这封手写信不仅仅是一份家书，更是两位老人人生信念一样的存在。

信中提及的女儿，她去新疆做什么工作了吗？她是不是也和自己一样，与父母发生了什么冲突或有了隔阂？她能从信里感受到他们一家人原本非常和睦，之后发生了什么事情，导致女儿跟他们失联了呢？是因为感情不和吗？还是因为女儿的工作调动呢？或是发生了什么事导致女儿性情大变？

林心把所有的可能都想了一遍，毕竟她看过太多这样的故事，多离谱的都看过。尽管世间的故事如此相似，但落到每个人的身上，却各不相同。

一对老夫妻能自驾前往新疆看望女儿，一定有某种不可抗拒的力量在背后支撑着他们。她想知道后面的故事，更想把这封信送到它应该到达的人手中。

想了一会儿，林心又回到了沙发上，迫不及待地继续往下看。

起初，我们按照制定的线路行驶，避开了很多热门的大景点，最想去的地方就是以前你给我们说过的库尔德宁。但在去的途中，我在输入导航地址时出了差错，导致你爸开车绕了远路，来到了一个陌生的地方。

我们着急改变路线，越慌越乱，发生了一点儿意外。

六月的新疆，天气阴晴不定，有时候早上出门时还是大太阳，到了下午却开始下大暴雨，我们每天都起得很早，睡眠时间很少。新疆跟内地有时差，我们连着好几天六点就醒了，外面还是一片漆黑。我们磨磨蹭蹭到七点半才出门，外面依旧是黑的，整个新疆都在熟睡，唯独我们无比清醒。

这种过于清醒的状态让人的脑袋感到格外疼痛，大概是因为记忆变得清晰后，就没有半梦半醒间的麻痹感了。

那天，我们起得特别早，原计划三小时左右就能到达库尔德宁，可是妈妈稀里糊涂地点错了地址，直到我们的车远离了柏油路，行驶了好一段山路后，我们才突然意识到是不是走错了。

这时，明亮的天空逐渐阴沉下来，滴答的小雨开始陆陆续续落在车窗上，雨刮刷的频率变得越来越快，像我的心跳一样。你爸发现导航出错后,马上靠边停了车,重新输入地址后,发现还得再开两小时,但是我们必须行驶过一段乡道。这意味着没有柏油大道的好路况,还必须赶在大暴雨来临之前通过乡道。

我建议找个地方休息下,你爸已经开了很久的车了,明显已经累了,可是倔强的他不听劝,执意要和大雨比速度,穿过乡道。我拗不过他,只好让他慢些开,晚点儿到也没事,我们还有时间,不用着急。

我上次看到你爸这种状态还是五年前,在医院那次,他每次和时间赛跑的时候就会这样,快七十岁的人了依旧不愿意放弃任何机会、不屈服于命运、不接受任何不可能。他总觉得他能改变什么,哪怕知道最终的结局,也不想放弃任何可能。

其实,他从未改变过,还是当初的那个他。

你爸的车技并没有随着他的老去而生疏,地图显示,我们即将走完这段乡间小道,进入柏油大道。

就在我们觉得庆幸时,前面出现了一个较大的水坑,左边是一小块农地,右边是凸凹不平的泥塘,我们一时间不知道该选哪条路。

这时,后方的车辆跟了上来,我们在慌乱中选择了左边的农地。为了尽可能不轧到更多的土地,我们的车轮仍在水坑里行驶。然而这个错误的选择为我们带来了巨大的麻烦。

不出所料,车轮陷进了泥巴里。无论我们如何猛打方向盘,还是踩油门,车轮倔强地继续下陷,不理会我们想要挽救的任何举动。你爸爸下车去找石头,他想增加一点儿轮胎的摩擦力,这样或许能有效。隔着玻璃,我看着他吃力地在路边搬石头。就在我们陷进泥地的时候,后方的车马上倒退,从另外一条路绕了过去。他没有停下来看我们一眼,而是颠颠簸簸地绕开了这段路,开到了大道上。那段近在咫尺的柏油路最终迎接了他人,而不是我们。

就这样来来回回地搬运了十几趟石头,你爸早已满头大汗,我看在眼里,疼在心里。我着急地下了车,他立刻大声吼道:"你别下来,快上去坐着!"随后,他气愤地上了车。这时的他没了刚刚的理智,愤怒地踩紧油门,又狂踩刹车,还不停地来回转动方向盘。几轮操作后,他已经满头大汗,不停地说:"这个四驱是假的!假的!根本不行!都是骗人的!"

我们越陷越深,轮胎压在泥地上卷起来的稀泥糊满了我们的车身和车窗。我们用尽了最后的办法,精疲力竭但无能为力,不得不停止了一切行动。

就这样,我们坐在车里,一分钟、十分钟、半小时过去了,你爸突然说:"如果媛媛在就好了,她一定会阻止我刚刚的行为。我不该那样踩刹车的,但我忍不住,我以为可以开过去,以为不会出事,以为我能改变一切。可是我错了,我什么都不是,我是个失败的爸爸,我无能为力……"

说着说着,他竟号啕大哭起来,我也哭了。我们都知道自己为什么而哭,我不知道该怎么去安慰他,其实他从来不需要安慰,他什么都明白。这五年来,他一直压抑着自己的情感,排斥外界的人和事。他的执念让他的生活圈变得越来越小,也让他陷入了更深的痛苦。自责与懊恼、悔恨与惋惜纠缠着他,他没有办法释怀,因为他无法接受这样的命运。

我也很痛苦和煎熬,可我不愿意再见到你时是这样的状态,我希望能笑着跟你分享这些年里我们的变化。我希望在你心中,我依然是那盏温暖的明灯。我渴望听你跟我讲你之后的生活经历。在我心中，我们的见面应该是满含久别重逢的喜悦，而不是抱头痛哭的懊恼。人生不应该是无限的死循环，妈妈希望能在下个循环开始前再看看你，给你带来更多的勇气和力量。

你爸哭出来也好，谢谢你把我们带到了新疆，这对他来说，何尝不是一种释放和解脱呢。但你记得吗，宝贝女儿，你爸在你面前是不是从来没有流过眼泪。他总是把乐观和温柔留给我们母女。在我的记忆中，只见你爸哭过三次，一次是我们结婚前，一次是五年前，第三次见你爸哭就是今天。每次他落泪，我都心疼，而我唯一能做的就是默默地陪伴在他身边，摸着他的头，牵着他的手，告诉他一切都会好起来的。

后来我们冷静下来，决定求助警察。你知道新疆的警察同志有多热情吗？他们以最快的速度，赶在大暴雨来临之前来了。他们一行五人开着一辆皮卡车，来到了这个没有路名的乡道上，救援了我和你爸，并且一路护送我们到了安全的地方。为了确保我们的行程顺利，他们给我们设定好了去库尔德宁的准确线路，还添加了你爸的微信。他们嘱咐，万一有什么需要，一定要跟他们联系，他们会尽力提供援助。

那一刻，你爸感激地握住年轻警察的手。这位年轻的警察比你小十几岁，可他就像你一样细心，说了很多你以前常常嘱咐我们的话。你总提醒我们出门在外一定要注意安全，遇到危险一定要跟你联系，开车不要那么着急。你说等放假了，就会陪我们去旅行，你说让我们等等你。

当我们抵达库尔德宁时，大雨已经冲刷过这片土地。我们费尽全力爬上了空中草原，只见原本被厚厚云层遮掩的雪山，在大风吹拂后露出了全貌。太阳从雪山的背后缓缓升起，它的光芒并没有耀眼地直直射向我们，而是用一层金色的光晕包裹着雪山，仿佛在向我们招手。雨后的彩虹横跨了整个草原，镶嵌了金边的雪山矗立在我们面前，巍峨壮观，此情此景美得令人震撼，我不禁说道："天堂也能见到这样的美景吗？"

"媛媛，她一定看到了，她的目光停留在了新疆这片人间天堂，她会看遍天上人间的所有美景。她只是路过人间的天使，我的天使又回到了天国。"

你爸爸说完这句话时，我再也忍不住哭了起来。我亲爱的女儿啊，这五年来，妈妈无时无刻不在思念着你。

当你决定捐献自己的器官去挽救更多生命的时候，爸爸、妈妈为你自豪，但我们心如刀割啊。你是我们的心头肉，你是那么善良、那么好，可我们除了拥有你的记忆外，什么都无法留下。

我们拼尽全力也无法从死神手里把你抢回来，它不同意用我们的死去换回你的生。我们活着的每一天，曾经都是无尽的折磨。我们不知道要如何承受老年丧子之痛，明明是最幸福的一家人，却不得不阴阳两隔，谁能懂我们的痛？

我亲爱的女儿，我们答应你会好好地活下去，因此我们不能放弃生活。我们想你，我们想去你所在的城市看看你每天看到的风景。我不知道你现在在新疆哪里，但妈妈知道你一定会好好走遍新疆的每一寸土地，因为你是那么喜欢新疆。

命运让你用另外的方式得到了圆满。我想那位拥有了你的眼睛的新疆女孩，她一定也是和你一样热爱生活的人，她一定会更加珍爱这双眼睛。

爸爸、妈妈很想很想你，我们想亲自去看看你待过的城市。如果身体允许，我们还想去北京、甘肃、武汉，去每一个你洒落爱和善意的地方。我们不想打扰任何人，只想去感受有你的城市，用这样的方式，让我们的心得以慰藉。

我亲爱的媛媛，妈妈的人生怎么会这么漫长呢？漫长到我送走了你，却没法以更快的脚步追上你。我总在想，如果我知道了会发生的一切，是不是就不会让你去武汉了？如果你能一直留在我和你爸身边，我们是不是就能更好地保护你了？可是，你爸却说："无论人生重来多少次，你还是会选择你的理想，你还是想做一名治病救人的好医生。如果你是害怕死亡的人，就不会选择这一行了。"

这张照片是我们用你留下来的自拍杆拍的，在倒计时的最后一刻，你爸用左手紧紧地牵住了我，而他的右手则摸住了自己的心口，他说："你来了。"

我情不自禁地抬起了我的左手看向了你，因为你喜欢挽着妈妈的手臂。宝贝，我们来看你了，库尔德宁和你描述中的一样美丽，我们将永远记住这一刻，直到我们老去、死去。

妈妈不知道该把这封信寄去哪里，于是写下了你以前在武汉租房子的地址。其实被谁看到已经无所谓了，妈妈写下这些以后，心里就舒服了。我知道不会有回信，可我仿佛能感受到，你似乎看到了。

你是一颗流星，一定会落入凡间。其实，你一直陪伴在我们身边，对不对？

媛媛，爸爸、妈妈期待早日与你相见，再续人间温情。

爱你的爸妈

林心再也控制不住情绪，失声痛哭起来，哭得上气不接下气。她无法想象这对老夫妻是怀着怎样的苦痛，一笔一画地写完了这封信。

她抬手抹去泪水，生怕自己的眼泪打湿了信纸，模糊了字迹。这鲜活的字迹提醒着她，她看到的信不是幻想，而是现实。是那颗名叫媛媛的流星，把这封信带到了她身边，是媛媛借助她的身体看完了这封信。

她一遍又一遍地看着那张在库尔德宁草原上拍的照片，照片中阿姨微微抬起手臂，叔叔用手摸着心口，虽然看不见他们的面庞，但他们的身影仿佛浮现在眼前，那么熟悉和亲切。他们的背影是那么悲凉又那么伟大，他们为了去新疆，沿途一定经历了无数艰辛。这五年，他们在老年丧子的苦痛中艰难前行，比起去新疆的路，这五年的路应该走得更为漫长。

林心看过那么多书，在别人的小说里看过那么多故事。她从没想过有一天这样奇幻的故事会发生在自己身上。她想为媛媛一家人做点儿什么，甚至现在就想启程去新疆。可是，前路漫漫，该何去何从呢？她根本不知道自己能做些什么。如果这个世界真有魔法，她希望魔法能把她带到媛媛父母的身旁，给他们一个拥抱。

想到这里，林心突然愣住了。

"给他们一个拥抱。"这句话不停地在脑海中回响，她想到了自己的父母。她的痛哭不仅是因为被他们的故事感动，更多的是她带入了自己的人生。她也和媛媛一样，有深爱她的父母，只是都在用笨拙的爱对待彼此。如果今天是人生的最后一天，那她会不会遗憾没能给父母最后一个拥抱呢？和父母的隔阂真的那么无法跨越吗？

其实并不是啊，既然如此，为什么自己不能跟爸爸低头认错、示好，让他不再生气呢？认错就是输了、就是没有面子、就是承认自己错了吗？并不是啊！认错有时候是一种爱，是希望爱自己的人和自己爱的人不要再继续受伤。

去纠结对错没有意义，时间是最好的证明。既然是亲人，为何要互相伤害呢？这世间唯有爱能化解一切。天下没有不爱子女的父母，但我们不能自私地认为，他们就必须爱我们、支持我们，他们就不应该犯错，他们就应该永远体谅我们。这不是爱，是最大的自私。

媛媛不仅使他人重获光明与新生，也拯救了和她有着一丝丝缘分的林心。当初，林心一眼看中了这套房，哪怕位于老小区。

当她第一次走进这个房子时，便感受到了一种特别的情感。房东奶奶告诉她："之前租这个房子的是一个女医生，她一个人住，把家里收拾得很干净。她待人很有礼貌。她工作很忙，我们不常见面。后来，不知道她发生了什么事，她的哥哥来办理了退租手续，之后就没再联系了。"

林心擦干了眼泪，小心翼翼地把信折叠好，放回信封，然后拨通了爸爸的电话："喂，爸，你睡了吗？明天你在家吗？我想回家吃饭，你能给我做份土豆烧排骨吗？"

爸爸回道："嗯，好的。把车停我车位上，明早我去买排骨。"

后记

非常感谢能一直看到此处的读者朋友,感谢你对一个默默无闻的写作者的支持,感谢你愿意在茫茫书海中拿起这本叫《萤火之光》的书,从而跟随我一起走进一个普通人的生活中。

在这本书中,我真诚地书写了我和身边至亲好友的人生故事。但这一次和写《人间告白》《星空邮局》不同的是,我在这两年的写作过程中,没有那么起伏的情绪了。因此《萤火之光》是我在最好的当下,怀着感恩的心平静而有力量地书写完成的。

《人间告白》是我人生中永远怀念和珍惜的一本书。我怀念的不仅仅是那段过往的故事和人,更重要的是五年后的今天，我终于能平静地回过头去好好拥抱那时的自己了。这本书见证了我的成长，也让我明白：勇敢地坚定人生的选择是多么重要，不为任何人，只为自己只此一次的人生。

对小忽的爱，是我从青春少女走向成熟女性这条路时永远无悔的真挚付出。我很感激他用短暂的生命陪我走过青春旅程，而我也用最热烈的爱给予了他我全部的陪伴。我们的爱情，从来都不需要被任何人定义和解读。我们都曾是彼此的无悔青春，哪怕死亡分开了我们，爱也会让我们祝福对方一切都好，无论是在天上还是在人间。

《星空邮局》是改变我人生的一本书，当我决定写下书中的故事时，是我意识到死去的人只是摆脱了时间的束缚，而活着的人才是需要救赎的开始。我不确定，如果没有花生，我会不会成长为今天的模样。但我知道，因为有他的存在，我想要活出更好的人生，我想让这个孩子在爱的怀抱中长大。尽管他出生后不久就面临缺失，但我愿意用母爱为他缺憾的人生增添温暖的色彩。

我从不想做女超人，然而，自从我成为母亲后，我对人生有了全新的认识和思考。我们一起经历过伤痛，一起面对恐惧，一起付出爱，一起成长。比起我们生命中的缺失和遗憾，我思考更多的是如何把花生培养成一个懂得爱、珍惜爱、学会爱的人。我希望他能明白：人生的不圆满是常态，但只要我们拥有一颗勇敢而充满爱的心，我们在任何时候都能积极乐观地活出我们想要的人生。

写完《萤火之光》，我深刻明白：我之所以能成长为今天的自己，并不仅仅是因为我经历的某一件事或遇见的某一个人，而是无数的事和无数的人给予了我不同的陪伴、教育以及启发。我没有困在人生的悲痛之中，而是走出了伤痛，继续我未完的人生旅程。这既是我个人的人生选择，也离不开我的家人、好友和无数温暖的陌生人的力量支持。

因此，我想将这些记录下来，并用我的方式给他人以慰藉。

无论是我的文字还是我的画作，我都报以最真挚的热忱。我相信它们能将我的情感传递给翻阅这本书的你。尽管这世间存在着无数的丑陋与凉薄，但我坚信，总会有人在温暖的港湾点亮一盏明灯,为迷茫的旅人指引回家的路。同频共振的人们会互相吸引,会看到这个世界不一样的色彩。

我希望大家始终要相信,这个世界上有爱的存在。在我们的人生中,爱不仅包括爱情,还有亲情、友情、陌生人的温情、我们永不言败的激情,以及永远相信未来可期的那份热情。

写到这里,我想衷心地感谢一个人——何亚娟女士。她于我而言,不仅仅是一位在这五年里倾尽全力帮助我出版图书的编辑,更是那个在我憔悴不堪、濒临心死的日子里,给我送来了一把救赎人生钥匙的恩人。她让我开启了一段勇敢书写人生的崭新旅程。

我还记得写完《人间告白》的那个晚上,我哭着对她说:"亚娟姐,我终于写完了。原本我以为我不敢转身回顾那段日子,但是当我写下我们俩最甜蜜的回忆时,我竟然是带着微笑的。纵然我心中有万般不舍,但我还是决定要去直面一切苦痛。"

我不是文学专业的作者,尽管从小到大看过很多书,但从未想过有一天自己也能写书。是何亚娟女士给了我勇气和信心,她鼓励我用自己最朴实无华的文字,将这段经历以真情实感写下来,至于作品之后会有什么样的效果,已经不再重要。

五年前,《人间告白》出版时,她就已经对我说过,当我勇敢地写下自己真实的人生故事时,就意味着要学会承受它将来可能带来的一切声音,无论是好的还是坏的,都应当坦然接受。

当许多人都认为《人间告白》是故事结束的时候,她鼓励我继续写下去。

她说,我积极阳光、热爱生活的样子能影响并启发很多迷茫中的人。她看到了我这一路走来所有的付出和努力。因为她的鼓励和帮助,才会有《星空邮局》。

《星空邮局》出版后,她告诉我未来我可以继续画画,她愿意为我出版画册。然而,这次我却给了她一份不一样的书稿。

我想告诉亚娟姐:谢谢你对我的信任,我也想变成越来越优秀的自己。在她的建议和鼓励下,我写出了《萤火之光》

中最后一篇文章《流星划过》。这是我第一次尝试写短篇小说，期望在不久的将来，我能够写出更多的小说故事。

希望你能喜欢这本书，也愿下一本书出版时，是我们重逢之际。

最后，我要再次感谢我的爱人、我的父母、我的孩子、我的朋友，感谢每一位温暖的陌生人，以及认真看完这本书的你。

愿我们彼此一切都好，不辜负人生，不辜负爱。

出品方　舟行
发行方　果麦

萤火之光

作者　金鱼酱

出品人｜何亚娟
特约监制｜何亚娟　　特约策划｜何亚娟
　　　　　　　　　　责任编辑｜曹　波
特约编辑｜夏　童　　营销编辑｜笑三少
　　　　　　　　　　产品经理｜陆　璐
封面设计｜樱　瑄　　内文制作｜白三叶
　　　　　　　　　　插画绘制｜金鱼酱
　　　　　　　　　　特约印制｜路军飞
特约发行｜王　璟　　媒介推广｜闫冠宇
　　　　　　　　　　项目统筹｜阮班欢

舟行乐读官方微博 @舟行乐读

舟行乐读官方公众号

图书在版编目（CIP）数据

萤火之光 / 金鱼酱著 . -- 南京 : 江苏凤凰文艺出版社 , 2024. 7. -- ISBN 978-7-5594-8704-9

Ⅰ . I267.1

中国国家版本馆 CIP 数据核字第 2024G5Y828 号

萤火之光

金鱼酱 著

策划出品	舟行乐读
特约监制	何亚娟
责任编辑	曹　波
特约编辑	夏　童
封面设计	樱　瑄
出版发行	江苏凤凰文艺出版社
	南京市中央路 165 号，邮编：210009
网　　址	http://www.jswenyi.com
印　　刷	北京盛通印刷股份有限公司
开　　本	880 毫米 ×1230 毫米　1/32
印　　张	8.5
字　　数	127 千字
版　　次	2024 年 7 月第 1 版
印　　次	2024 年 7 月第 1 次印刷
书　　号	ISBN 978-7-5594-8704-9
定　　价	59.80 元

江苏凤凰文艺版图书凡印刷、装订错误，可向出版社调换，联系电话 025-83280257